Marliese Arold

Magic Maila - Verhext noch mal!

MARLIESE AROLD

Magic Maila

Verhext noch mal!

BAND 1

EDEL KIDS BOOKS

Magic Maila
Verhext noch mal!
Band 1
ISBN 978-3-96129-122-9

Edel Kids Books
Ein Verlag der Edel Germany GmbH

Neumühlen 17, 22763 Hamburg
www.edel.com
1. Auflage 2020

Projektkoordination: Judith Haentjes
Text: Marliese Arold
Umschlaggestaltung: formlabor
Layout und Satz: Uhl + Massopust, Aalen
Herstellung: Frank Jansen
Druck und Bindung: GGP Media GmbH, Pößneck

Printed in Germany

Inhalt

Ein seltsamer Besucher

Punkt sechs flog das Türchen der Kuckucksuhr auf. Ein grellbunter Vogel stürzte so heftig heraus, dass er sich einmal überschlug. Mühsam kletterte er wieder auf die Stange und flötete mit silberheller Stimme:

»Werte Kundschaft, leider schließen wir gleich. Bitte gehen Sie zum Bezahlen an die Kasse. Wir wünschen Ihnen einen schönen Abend und hoffen, Sie bald wieder bei uns begrüßen zu dürfen.«

Die 13-jährige Maila, die an der Ladentheke saß und Hausaufgaben machte, sah von ihrem Heft auf. »Danke, Wilbur! Aber es ist sowieso kein Kunde gekommen. Den ganzen Nachmittag nicht.« Sie seufzte.

Wilbur blickte nach links und nach rechts. »Stimmt!«, piepste er. Er stieß sich von der Stange ab und flatterte auf Mailas Schulter. »Schade. Warum kommen denn keine Leute mehr? Wir haben doch die allerschönsten Zaubersachen!«

»Ach, Wilbur!« Maila schlug ihr Heft zu. Mit Wilbur

auf der Schulter konnte sie sich ohnehin nicht mehr konzentrieren. Der bunte Kuckuck hielt allzu gern ein Schwätzchen. »Das habe ich dir doch schon erzählt. In der Möchtegern-Straße hat dieses große Zauberei-Kaufhaus *MacMagic* aufgemacht. Die haben dort ein Riesenangebot und verkaufen die Sachen auch noch viel billiger als wir.«

Wilbur plusterte sich auf. »Das ist ziemlich doof, oder?«

Maila nickte. Heute nach dem Unterricht war sie extra an dem Kaufhaus *MacMagic* vorbeigegangen und hatte beobachtet, wie etliche ihrer Stammkunden im Eingang verschwanden, während andere mit vielen Tüten in den Händen wieder herauskamen. Außerdem hatte Maila neben der Tür einen magischen Finger an der Wand entdeckt. Dieser lockte die Leute an wie ein Magnet. Das war *unlautere Zauberei* und eigentlich verboten. Eigentlich. Inzwischen hatte der Bürgermeister eine Verordnung erlassen, der zufolge die kleineren Läden keinen magischen Finger verwenden durften. Nur die kleinen.

Läden wie zum Beispiel der Zauberladen *Wünsch dir was*, der schon seit vier Jahrhunderten Mailas Familie gehörte. Opa Orpheus fürchtete, dass die Tage des kleinen Ladens gezählt waren und sie in einigen Wochen schließen mussten. Außer, sie hatten sehr, sehr bald eine wahnsinnig tolle Idee, wie sie ihren Laden aufpeppen konnten.

Für wahnsinnig tolle Ideen war normalerweise Maila

zuständig, aber all ihre bisherigen Vorschläge waren vom Familienrat abgeschmettert worden.

»Einen Tag in der Woche könnten die Leute umsonst bei uns einkaufen«, war eine von Mailas Ideen gewesen.

»Aber Maila, dann kommen die Leute an diesem Tag zu uns und räumen die Regale leer«, hatte Damian Espenlaub, Mailas Vater, gemeint. »Und an den anderen Tagen kaufen sie wieder bei *MacMagic.*«

»Hm.« Maila hatte überlegt. »Und wenn wir unseren besten Kunden einen Gutschein für eine Reitstunde auf einem Einhorn schenken?«

»Genau diese Idee hatte *MacMagic* auch schon«, hatte Alma Espenlaub, Mailas Mutter, geantwortet. »Eine Gratis-Reitstunde für einen Einkauf ab zweihundert Hexengulden.«

»Und wenn wir einen Gutschein ab hundert Hexengulden ausgeben?«, hatte Maila vorgeschlagen.

»Liebes, eine Einhorn-Reitstunde kostet hundert Hexengulden«, hatte Oma Luna gesagt. »Mindestens.«

»Schade.« Maila hatte ihr Gehirn so angestrengt, dass sie das Gefühl hatte, ihre Ohren würden gleich qualmen. »Wir könnten kostenlose Kekse mit einfachen Zaubersprüchen verteilen. So was wie Glückskekse.«

»Das haben wir schon einmal vor drei Jahren gemacht«, hatte sich Opa Orpheus erinnert. »Kekse mit Zaubersprüchen, die allerdings nur ein einziges Mal funktionieren. Leider bekam man von den Keksen blaue Zähne. Die Kunden haben sich massenweise beschwert.«

»Dann weiß ich auch nicht weiter«, hatte Maila geseufzt.

»Dass ich das noch erleben darf!«, hatte ihr großer Bruder Robin gespottet und sie an ihren karottenroten Locken gezogen. »Meine Schwester weiß nicht weiter. Wo sie doch sonst immer alles besser weiß.«

»Das sagst du doch nur, weil ... weil ... weil du neidisch bist auf mich!«, hatte Maila zornig gerufen. »Weil ich mit den Ohren wackeln kann und du nicht!«

Mit dem Ohrenwackeln hatte es in der Hexenwelt eine besondere Bewandtnis: Wer mit den Ohren wackeln konnte, der konnte auch die Schwelle zur Menschenwelt überschreiten. Das konnten nur sehr wenige Bewohner der Hexenwelt, vielleicht einer von hundert.

In Mailas Familie konnte außer Maila nur Oma Luna mit den Ohren wackeln. Obwohl Robin manchmal stundenlang vor dem Spiegel stand und übte – er schaffte es einfach nicht!

Bei dem Gedanken an Robin wackelte Maila automatisch mit den Ohren. In diesem Moment bimmelte die Ladenglocke. Ein kalter Windstoß öffnete die Tür und ließ Maila frösteln. Sie blickte auf. Ein hochgewachsener Mann in einem dunklen Mantel schob sich zur Tür herein. Den Hut hatte er tief ins Gesicht gezogen.

Maila sprang erschrocken auf. »Eigentlich haben wir schon geschlossen!«

»Wie schade«, brummte der Fremde. »Ich würde ja morgen wiederkommen, aber leider bin ich nur noch heute hier.«

Eine unnatürliche Kälte ging von ihm aus. Maila fröstelte. Der Kerl war ihr unheimlich. Am liebsten wäre es ihr gewesen, er würde sich umdrehen und gehen. Stattdessen kam er näher. Sein Blick wanderte neugierig umher.

Jetzt konnte Maila auch sein Gesicht sehen. Es war hager und bleich, als würde sich der Fremde nie im Freien aufhalten. Seine Augen waren von einem stechenden Blau, und die lange, spitze Nase reichte fast bis zu seinem Mund. Ein dunkles Ziegenbärtchen wuchs an seinem Kinn und wippte mit, sobald der Mann sprach.

»Man sagte mir, dass man hier Dinge bekommt, die man nirgendwo anders erhalten kann«, murmelte der Fremde.

Mailas Herz klopfte vor Aufregung. »Ja, das kann sein«, sagte sie mit zittriger Stimme. »Wir haben viele schöne Sachen. Was … was suchen Sie denn?«

»Schmeiß den Kerl raus!«, zischte Wilbur in ihr Ohr. »Mit dem stimmt was nicht!«

»Sei still, Wilbur«, flüsterte Maila.

Der Fremde lächelte dünn. »Ich hätte beispielsweise

gerne diese Kuckucksuhr.« Er deutete mit seinen langen Spinnenfingern auf die geschnitzte Uhr, die an der Wand hing.

Wilbur stürzte vor Schreck von Mailas Schulter und plumpste auf die Theke, wo er in einem Glas mit Wünsch-dir-einen-Geschmack-Bonbons landete und panisch mit den Flügeln flatterte.

»Die Kuckucksuhr ist unverkäuflich«, sagte Maila schnell und fischte Wilbur aus dem Glas. »Tut mir leid.«

»Wie wäre es dann mit dem hübschen Vogel in deiner Hand?«, fragte der Fremde, und sein Blick schien noch stechender zu werden.

»Das … das ist Wilbur, und er ist ebenfalls unverkäuflich«, antwortete Maila. Sie spürte, wie ihr das Blut in die Wangen stieg.

»Ich würde dir fünfhundert Hexengulden für ihn bezahlen«, sagte der Fremde. »Und für die Uhr bezahle ich noch einmal fünfhundert.«

Maila rechnete im Kopf. Tausend Hexengulden! Manchmal nahmen sie in einer Woche nicht so viel Geld ein!

Trotzdem schüttelte sie den Kopf.

»Es geht nicht«, sagte sie. »Wilbur gehört zur Familie – und er ist außerdem mein Freund!«

»VERDAMMT!«, brüllte der Fremde und schlug so heftig mit der Faust auf die Theke, dass das Glas mit den Bonbons in die Höhe sprang. Maila zuckte erschrocken zusammen, und Wilbur schoss in die Kuckucksuhr zurück. Das Türchen knallte hinter ihm zu, und ein Schutzgitter rasselte herab.

»Gibt es ein Problem?«, ertönte eine Stimme hinter Maila.

Maila atmete erleichtert auf, als Oma Luna neben sie trat. Die Großmutter war zwar kaum größer als Maila, aber eine der besten Hexen weit und breit. In Mailas Alter war sie bereits zum ersten Mal Junior-Hexenmeisterin geworden. Im Wohnzimmer der Großeltern gab es eine ganze Wand mit Pokalen und Urkunden, die Oma Luna im Laufe ihres Lebens gewonnen hatte. Auch jetzt nutzte sie noch jede Gelegenheit, sich weiterzubilden, reiste zu Seminaren und Workshops und hatte mehrere Fachzeitschriften abonniert.

»Hallo, Luna«, säuselte der Fremde und verzog seine Lippen zu einem dünnen Lächeln. »Lange nicht mehr gesehen.«

»Das stimmt«, erwiderte Oma Luna mit eisiger Stimme. »Und es ist nicht so, dass ich dich vermisst hätte, Luzian.«

Maila spitzte die Ohren. Ihre Oma kannte also diesen merkwürdigen Mann?

»Ich habe dich aber schon vermisst, schönste Luna von allen«, sagte Luzian mit einem kurzen, harten Lachen.

»Was willst du?«, fragte Oma Luna scharf.

»Hast du einen Tarnumhang in meiner Größe?«, fragte Luzian. »Die meisten Umhänge sind mir zu kurz. Er muss so lang sein, dass auch meine Füße verschwinden.«

»Was hast du vor?«, wollte Oma Luna wissen. »Willst du wieder ein krummes Ding drehen? Es wundert mich, dass man dich schon freigelassen hat, nachdem du verbotene schwarze Magie betrieben hast und deine Frau und deine Tochter dabei umgekommen sind.«

»Es war ein bedauerlicher Unfall«, entgegnete Luzian. »Das mussten auch die Richter anerkennen. Ich habe meine Strafe in den Bergwerken von Alun verbüßt, und das war wahrhaftig kein Zuckerschlecken. Also – hast du nun einen Umhang für mich oder nicht?«

»Wir haben gestern den letzten in deiner Größe verkauft«, log Oma Luna. »Und es ist ungewiss, wann unser Lieferant wieder liefern kann. Geh doch zu *MacMagic*, vielleicht findest du dort das Gewünschte.«

»Bei *MacMagic* habe ich Hausverbot«, grummelte Luzian.

»So? Warum wundert mich das nicht?«, fauchte Oma Luna. »Und bei uns hast du auch Hausverbot, Luzian. Wenn du dich hier noch einmal blicken lässt, dann hetze ich meinen persönlichen Dämon auf dich!«

Luzian hörte endlich auf zu lächeln. Seine Miene wurde grimmig. »Ist das dein letztes Wort, Luna?«

»Mein allerletztes«, sagte Oma Luna.

»Das wirst du noch bereuen!«, sagte Luzian und streifte Maila mit einem so eisigen Blick, dass sie das Gefühl hatte, schockgefrostet zu werden. Er machte auf dem Absatz kehrt und verließ den Laden. Oma Luna schoss hinter der Theke hervor und schloss hastig die Tür ab. Maila stellte fest, dass ihre Großmutter sehr bleich geworden war. Auch ihre karottenroten Locken waren auf einmal in sich zusammengefallen und hingen strähnig über ihre Schultern.

»Wer war denn das?«, fragte Maila mit schwacher Stimme. Der Schreck saß ihr noch in den Gliedern.

»Ein früherer Bekannter«, antwortete Oma Luna. »Luzian Morchelstiel. Wir haben zusammen an der Hexenakademie studiert, bis Luzian eines Tages dort rausgeflogen ist. Ich weiß bis heute nicht genau, was damals passiert ist. Niemand wollte darüber reden.« Sie fischte ein Gummiband aus ihrer Schürzentasche und band damit ihre Haare zu einem Pferdeschwanz zusammen. »Luzian war ein kluger Kopf. Leider hat er sich der falschen Seite zugewandt. Aber jetzt lass uns das Thema wechseln. Bist du mit deinen Hausaufgaben fertig?«

Maila nickte.

»Dann kannst du mir vielleicht unten im Labor helfen«, sagte Oma Luna. »Gestern Nacht ist mir ein Rezept für einen neuen magischen Kräuterlikör eingefallen. Ich muss es unbedingt ausprobieren!«

Explosion mit schlimmen Folgen

Maila folgte ihrer Großmutter durch den Laden nach hinten. Es kam Maila vor, als hätte Luzians Besuch ihren Blick geschärft. Obwohl sie den Zauberladen jeden Tag sah, fielen ihr heute bestimmte Dinge auf: die wunderbaren Muster auf den fliegenden Teppichen, die zusammengerollt in den Schwerlastregalen lagen. Die lustigen Spardosen in Form von Einhörnern, die jedes Mal wieherten und ihr Horn glühen ließen, wenn eine Münze eingeworfen wurde. Die feinen Seidenschals, die vor Erkältung schützten. Die Trillerpfeifen, mit denen sich Vögel anlocken ließen …

»Es ist dringend nötig, dass ich einen neuen Kräuterlikör erfinde«, brummte Oma Luna vor sich hin, während sie die Kellertür aufsperrte und die Stufen hinabstieg. »Viele Kunden kommen nur wegen des magischen Likörs. Vielleicht kann der neue Likör unseren Laden retten!«

Maila verdrehte heimlich die Augen. Oma Luna und ihre Likörsorten! Ja, es stimmte, manche Leute kamen tatsächlich hauptsächlich deswegen. Es gab Liköre für schönere Träume. Liköre, damit sich jemand in einen verliebte. Liköre gegen schlechte Laune. Liköre, damit das Hexen besser klappte…

Maila war gespannt, was sich Oma Luna diesmal ausgedacht hatte. Es ging immer tiefer in den Keller hinab. Das Gebäude, in dem sich der kleine Zauberladen befand, war früher ein Turm gewesen. Einige Grundmauern standen immer noch, verstärkt mit wuchtigen Balken. Deswegen war der Keller tief und das Gebäude ziemlich hoch.

Im Erdgeschoss lag der Laden, im ersten Stock das Lager, im zweiten Stock wohnten Mailas Großeltern, im dritten Stock die Eltern. Der vierte Stock, das Dachgeschoss, gehörte Maila und ihrem Bruder Robin. Die einzelnen Stockwerke waren durch eine lange, lange Wendeltreppe miteinander verbunden. Nur in den Keller führte eine gerade Treppe hinab.

Allerlei Düfte schlugen Maila entgegen, während sie ihrer Großmutter nach unten folgte. Es roch nach Holunderblüten und Kamille, nach Nelken und Zimt. Außerdem gab es noch einige andere Gerüche, die Maila nicht zuordnen konnte. Manche lagen schwer in der Luft und verursachten in Mailas Kopf ein drückendes Gefühl. Andere fühlten sich so leicht und erfrischend an, dass Maila am liebsten in die Luft gesprungen wäre. Sie liebte dieses unterirdische Reich, über das ihre Großmutter herrschte. Die Wände, selbst im Treppenhaus, waren voller Regale, in denen Oma Luna ihre verschiedenen Zaubermarmeladen und -liköre aufbewahrte. Ihre selbst gekochten Brotaufstriche waren heiß begehrt, ebenso die Liköre, die in jedem Schluck etwas Magie enthielten.

»*MacMagic* verkauft zwar auch Liköre, aber die sind längst nicht so gut wie meine«, murmelte Oma Luna vor sich hin, während sie die letzten Stufen hinabstieg. »Wenn uns etwas retten kann, dann sind es Getränke, die auf bestimmte Kunden abgestimmt sind. Und die auch noch lecker schmecken.«

Maila hätte zu gerne einmal von diesen Wunderlikören gekostet, aber weil diese Alkohol enthielten, wurde es ihr immer wieder verboten. Gut, es gab auch ein paar alkoholfreie Liköre für Kinder, beispielsweise gegen Angst im Dunkeln oder gegen Gespenster unterm Bett. Maila hatte an den Flüssigkeiten genippt und fand sie quietschsüß. Ob sie wirkten, konnte sie nicht sagen, denn sie fürchtete sich nicht im Dunkeln, und Gespenster gab es in ihrem Zimmer zurzeit auch nicht.

»So, da wären wir«, sagte Oma Luna, als sie in dem Kellerraum angelangt waren, in dem sie ihre Liköre zusammenmischte. Es war ein niedriger Raum mit einer

Gewölbedecke, von der jede Menge Kräuterbündel herabhingen. Auch hier gab es viele Regale aus groben Holzbrettern, auf denen sich unzählige Tiegel und Töpfe befanden. Eine große Saftpresse stand auf dem Boden. Maila wurde es fast schwindelig von den intensiven Gerüchen in diesem Raum.

»Was für einen Likör willst du denn machen?«, fragte sie neugierig.

Oma Luna warf ihr einen verschmitzten Blick zu. »Einen Likör fürs Jungbleiben! Was glaubst du, wie schnell sich der verkaufen wird! Ich habe kürzlich ein Rezept in einem uralten Hexenbuch entdeckt.« Sie deutete auf ein riesiges altes Buch, das in einem Regal lag. Der Ledereinband war schon ganz brüchig und das Papier vergilbt. Als Oma Luna das Buch aufschlug, sah Maila, dass manche Seiten von Mäusen angenagt worden waren.

Oma Luna blätterte so lange, bis sie das Rezept wiedergefunden hatte. Dann ging sie mit Feuereifer ans Werk. Maila half ihr, Äpfel klein zu schneiden, Orangen auszupressen und Pflaumen zu entkernen. Oma Luna gab alles in einen großen Kupferkessel, während sie Zaubersprüche rückwärts aufsagte. Maila durfte Zucker hinzuschütten, aber zuvor verband Oma Luna ihr die Augen, und Maila musste sich dreimal im Kreis drehen. Vorsichtig ließ Maila den Zucker aus der Tüte rieseln, trotzdem rief Oma Luna entsetzt: »Halt, das ist zu viel!«

Maila riss sich die Binde von den Augen. »Tut mir leid, aber ich habe nichts gesehen!«

»Nicht so schlimm«, beruhigte Oma Luna das Mädchen. »Wir geben eben noch etwas mehr Früchte hinzu.«

Wieder flogen etliche Obststücke in den Kessel. Anschließend gab Oma Luna acht verschiedene Gewürze dazu und sang laut:

»Chili, Nelken und Vanille,
Curcumin und Kardamom,
find ich auch noch ohne Brille,
hopsassa, das war's fast schon!
Koriander und viel Zimt,
schwupps, damit die Mischung stimmt!
Und als Wichtigstes zum Schluss
kommt Muskat – nur eine Nuss!«

Maila sah ihrer Großmutter fasziniert zu und versuchte, sich den Reim zu merken. Dann war sie wieder an der Reihe. Sie durfte zwei Flaschen Rum in den Kessel gießen.

Während Maila behutsam die Flaschen in den Kessel leerte, begann die Großmutter mit einem langen Holzlöffel zu rühren und brummte:

»Lirum, larum, Morchelstiel,
blöder Kerl, du kannst nicht viel!«

Maila blickte entsetzt auf. Das war der falsche Spruch! Merkte Oma Luna denn nicht, was sie eben gesagt hatte? Offensichtlich war sie in Gedanken noch bei Luzian.

Jetzt fiel auch der Großmutter auf, dass sie nicht den richtigen Text aufgesagt hatte. Hastig versuchte sie, ihren Fehler wiedergutzumachen.

»Lirum, larum, Löffelstiel,
alte Hexen zaubern viel!«

Aber zu spät.

Im Kessel fing es an, unheilvoll zu brodeln. Maila starrte ängstlich hinein. Die Obststückchen schienen ein Eigenleben zu entwickeln und hüpften hin und her. Dabei stand der Kessel gar nicht auf dem Herd, sondern nur auf einem ganz normalen Tisch!

»Oje«, jammerte Oma Luna. »Das sieht gar nicht gut aus. Nein, nein, nein, ganz und gar nicht!«

Blaue Dampfschwaden stiegen aus dem Kessel. Maila wich ein Stück zurück. Ihr kam es so vor, als würden im Dampf bunte Sternchen glitzern. Das konnte doch gar nicht sein!

Der Kessel wackelte hin und her, wie von Zauberhand bewegt. Der Dampf glitzerte jetzt unerträglich, sodass Maila geblendet wurde und die Hand vor die Augen halten musste. Gleichzeitig ertönte ein lautes Rauschen und

Zischen. Maila spürte, wie Oma Luna sie am Arm packte und auf den Boden drückte.

»Hinlegen! Schnell!«

Maila gehorchte. Keine Sekunde zu früh!

Das Rauschen schwoll zu unerträglicher Lautstärke an. Maila musste sich die Ohren zuhalten. Trotzdem hörte sie einen gewaltigen Knall, der Kessel explodierte. Alles, was darin gewesen war, flog durch die Luft. Obststückchen prasselten auf Maila und ihre Großmutter nieder. Maila musste husten. Der ganze Raum war voller Glitzerqualm, außerdem stank es unerträglich nach Rum.

Mühsam rappelte sich Oma Luna hoch und murmelte einen unverständlichen Zauberspruch, worauf sich die Dunstschwaden verzogen. Die Luft wurde wieder klar.

Auch Maila kam hoch und sah voller Entsetzen das Ausmaß der Zerstörung.

»Ach, du liebe Zeit!«, rief sie erschrocken.

Die Regale hingen schief, und zahlreiche Tiegel und Gefäße waren heruntergefallen. An den Wänden klebte das klein geschnippelte Obst. Der Kupferkessel war in sieben Teile zersprungen. Und das große Zauberbuch war einfach verschwunden. Nur die getrockneten Kräuter baumelten von der Decke, als wäre nichts geschehen.

»Hölle und Schwefel!«, schimpfte Oma Luna. »Da ist etwas gehörig schiefgegangen!«

Es ist zum Ohrenwackeln!

»Du hast den falschen Zauberspruch aufgesagt!«, stammelte Maila. Ihre Ohren klingelten noch wegen des Knalls. Sie war ganz erschüttert von dem, was Oma Luna angerichtet hatte. So etwas war ihrer Großmutter noch nie passiert. Gut, es war schon einmal vorgekommen, dass sich Oma Luna verhext hatte und beispielsweise statt eines Gugelhupfs ein nasser Badeschwamm auf dem Teller gelandet war. Aber das hier war etwas anderes.

»Hölle und Schwefel!«, wiederholte Oma Luna. »Du darfst niemandem davon erzählen. Kein Wort! Versprochen? Bei meinem letzten Fehlzauber haben deine Eltern die Hochglanzbroschüre von der Seniorenresidenz *Zauberhafte Oldies* bestellt. Nicht dass sie auf dumme Ideen kommen.«

Maila nickte stumm. Sie zitterte am ganzen Körper,

und ihre Beine waren so wackelig wie der grüne Pudding, den es manchmal zum Nachtisch gab.

»Hoffentlich ist oben im Laden nichts passiert«, sagte Oma Luna. »Am besten, wir schauen gleich nach.«

»Du hast ziemlich viel Ruß im Gesicht«, bemerkte Maila.

»Ach ja, du auch«, sagte Oma Luna. »Und in deinen Haaren hängen lauter Pflaumenstückchen.« Sie schnupperte. »Du duftest wie ein leckerer Kuchen.« Sie zupfte an Maila herum. Dann wischte sie ihr mit einem sauber gebliebenen Tuch den Ruß aus dem Gesicht. Maila kicherte ein bisschen, nahm ihr das Tuch ab und fuhr ihr damit über Stirn, Wangen und Nase. Jetzt waren sie beide wieder einigermaßen vorzeigbar!

Oma Luna hatte es nun eilig, in den Laden zu kommen. Maila kam kaum hinterher, so schnell erklomm ihre Großmutter die Treppe.

»Du liebe Güte!«, rief Oma Luna. »Molchschwanz und Krötenkacke! Das ist ja eine Katastrophe!«

Maila linste an ihr vorbei in den Ladenraum. Es herrschte ein heilloses Durcheinander! Ein Teil der Regale war umgestürzt und der Inhalt auf dem Boden verstreut. Auch die Kuckucksuhr war von der Wand gefallen. Wilbur, der auf der Theke gehockt hatte, flatterte auf Mailas Schulter und zwitscherte aufgeregt.

»Die Welt geht unter, die Welt geht unter!«

»Ruhig, Wilbur! Alles wird gut!«, sagte Maila. Dabei war sie selbst völlig aus dem Häuschen. Ihr Herz schlug einen Trommelwirbel.

Oma Luna bahnte sich einen Weg durch das Chaos hindurch und ließ die Rollläden am Schaufenster und an der Ladentür herunter.

»Damit keiner sieht, was bei uns passiert ist«, brummelte sie vor sich hin.

Maila hatte inzwischen auffällige Risse in den Wänden entdeckt.

»Unser Haus ist kaputt!«, jammerte sie. Oje! Wie wollte Oma Luna das vor Mama und Papa verbergen? Sie mussten Mailas Eltern die Wahrheit sagen, es ging nicht anders!

Oma Luna betrachtete schweigend den Schaden und schüttelte den Kopf.

»Ich verstehe das nicht«, sagte sie dann. »Wie kann ein falscher Zauberspruch eine solche Wirkung haben?«

»Es war eben ein besonders starker falscher Zauberspruch«, meinte Maila und pflückte Wilbur aus ihren Haaren. Der kleine Vogel hatte sich darin versteckt.

»Wenn ich das geahnt hätte!« Oma Luna stemmte die Hände in die Hüften. »Ich hätte die Sache mit dem Zauberlikör gelassen. Vielleicht ist heute auch nicht der richtige Tag dafür.«

In diesem Augenblick kam Mailas Bruder Robin in den

Laden gestürmt. Als er die Zerstörung sah, blieb er wie angewurzelt stehen.

»Was ist denn hier passiert?«, stieß er aus. »Hat Maila wieder versucht, Kaffee zu kochen?«

Aber Maila war nicht nach Witzen zumute. Auch Oma Luna machte ein finsteres Gesicht, doch daran war nicht Robins Bemerkung schuld.

»Mir scheint, es fehlen ein paar Sachen«, sagte sie. »Wir haben doch noch drei fliegende Teppiche auf Lager gehabt. Und jetzt sehe ich nur noch einen einzigen!«

»In meinem Zimmer sind zwei wichtige Zauberbücher verschwunden«, sagte Robin sofort. »Ich dachte schon, Maila hätte sie stibitzt, während ich auf dem Klo war. Darum bin ich runtergekommen. Ich brauche die Bücher unbedingt, in zwei Wochen sind doch die Jugendmeisterschaften im Freihändig-Zaubern!«

Seit einem Monat redete er nur noch von diesem Wettbewerb. Maila konnte es fast nicht mehr hören.

»Ich war nicht in deinem Zimmer«, erwiderte sie. »Und deine Bücher habe ich erst recht nicht genommen.«

»Das will ich dir auch nicht geraten haben, kleine Schwester!« Robin drohte ihr mit dem Zeigefinger. »Du weißt ja, dass ich dich ratzfatz in eine hässliche schleimige Kröte verwandeln kann!«

Maila verschränkte trotzig die Arme. »Versuch's doch. Ich weiß, wie man sich verteidigt!«

»Kinder, jetzt streitet euch doch nicht schon wieder!«, rief Oma Luna dazwischen. »Wir haben jetzt wirklich andere Probleme.« Sie blickte Robin scharf an. »Deine Bücher sind verschwunden?«

»Wenn ich's doch sage«, murrte Robin. »Ausgerechnet die wichtigsten Zauberbücher. Wenn ich deswegen bei den Meisterschaften verliere …«

»Deine Schwester kann jedenfalls nichts dafür«, meinte Oma Luna. »Ich fürchte, ich bin schuld an allem. Möglicherweise ist bei der Explosion ein Hexenwirbel entstanden.«

»Ein Hexenwirbel?« Robin riss die Augen auf. »Und was für eine Explosion?«

»Was ist ein Hexenwirbel?«, wollte auch Maila wissen.

»Ich muss mich erst einmal setzen.« Oma Luna räumte einen Stuhl frei, auf dem etliche Schachteln und Tüten gelandet waren. Sie räusperte sich. »Ihr wisst, dass zwischen der Hexenwelt und der Welt der Menschen eine Barriere besteht. Nur wenigen Hexen und Zauberern ist es vergönnt, die Menschenwelt zu betreten.«

Maila nickte. »Nur denen, die mit den Ohren wackeln können.« Sie grinste breit.

»O nein, jetzt fang nicht schon wieder damit an!« Robin stöhnte und verdrehte die Augen. »Du bist deswegen nichts Besonderes, Maila!«

»Bin ich wohl!«, widersprach Maila. Fast hätte sie mit

ihrem Fuß aufgestampft, doch das verkniff sie sich im letzten Moment. Aber zwei kurze Ohrenwackler in Richtung Robin mussten trotzdem sein.

»Diese Barriere ist ein wirksamer Schutz, damit keine Zaubergegenstände in die Menschenwelt gelangen«, fuhr Oma Luna fort. »Die Manschen haben nämlich keinerlei Talent zum Zaubern. Magische Dinge können ein großes Durcheinander oder sogar auch Schaden anrichten, wenn man nicht damit umzugehen weiß.«

»Ja, Menschen können mit Maglings nichts anfangen«, stimmte Maila ihr zu. »Obwohl sie bestimmt gerne welche hätten.« Sie konnte sich gar nicht vorstellen, wie es war, wenn man nicht zaubern konnte.

»Ein Hexenwirbel ist ein Loch in der Barriere«, erklärte Oma Luna. »Eigentlich mehr als ein Loch. Er ist wie ein Tornado und wirbelt alles durcheinander. Durch einen Hexenwirbel können Maglings in die Menschenwelt geraten – und ich fürchte, das ist vorhin durch meine Schuld passiert!« Sie seufzte tief.

»Wie?«, schrie Robin. »Willst du damit sagen, dass sich meine Zauberbücher jetzt irgendwo in der Menschenwelt befinden?«

Oma Luna nickte. »Und nicht nur deine Bücher. Auch unsere fehlenden fliegenden Teppiche und vermutlich noch viele andere magische Sachen aus unserem Laden.«

Im ersten Moment fand Maila die Vorstellung ziemlich

lustig. Menschen, die plötzlich einen Zauberstab in ihrem Schirmständer fanden und sich versehentlich in einen Fußabstreifer verwandelten … Sie kicherte. Doch als sie Robins wütendes Gesicht und Oma Lunas kummervolle Miene sah, wurde sie wieder ernst.

»Ist das … ist das sehr schlimm?«, fragte sie leise.

»Allerdings«, antwortete Oma Luna. »Abgesehen davon, dass wir die fehlenden Sachen nicht mehr verkaufen können, ist es streng verboten, einen Hexenwirbel zu erzeugen. Vermutlich werde ich ein paar Jahre im Gefängnis verbringen müssen, wenn man herausfindet, dass ich schuld bin. Vielleicht werde ich zur Strafe auch in einen Balkonkasten oder in einen Grabstein verwandelt.«

»O nein, das darf nicht passieren!« Maila umklammerte ihre geliebte Großmutter, so als könnte sie sie auf diese Weise vor den Gesetzeshütern beschützen. »Das lasse ich nicht zu! Auf keinen Fall!« Sie war den Tränen nahe.

»Du darfst nicht verwandelt werden«, sagte Robin, und in seiner Stimme schwang Panik. »Wir brauchen dich doch, Oma Luna!«

Oma Luna schluckte. »Tja, dann benötigen wir einen guten Plan«, murmelte sie. »Niemand darf erfahren, was heute bei uns passiert ist. Und wir müssen die verschwundenen Maglings so schnell wie möglich aus der Menschenwelt zurückholen!«

Es ging nicht anders, Mailas und Robins Eltern mussten in die Sache eingeweiht werden. Schweigend saß die Familie am Abendbrottisch, nachdem Oma Luna ihr Missgeschick gebeichtet hatte. Opa Orpheus griff stumm nach ihrer Hand und drückte sie. Alle Farbe war aus seinem Gesicht gewichen, und sein langer weißer Bart zitterte.

Alma Espenlaub, Mailas Mutter, fasste sich als Erste wieder. »Das ist sehr, sehr schlimm, aber wenn wir alle zusammenhalten, dann können wir den Schaden vielleicht wiedergutmachen, bevor ein Außenstehender etwas davon merkt.«

Papa Damian seufzte tief. »Wie stellst du dir das vor, Alma? Unsere Nachbarn und auch unsere Kunden werden mitbekommen, wenn wir den Laden renovieren. Und du weißt ja auch, dass jede größere magische Aktivität in unserem Land aufgezeichnet wird. Es ist nur eine Frage der Zeit, aber mit Sicherheit wird jemand vom Magischen Kontrolldienst hier auftauchen und wissen wollen, was bei uns los war.«

»Dann müssen wir uns eben eine gute Ausrede einfallen lassen«, erwiderte Alma. »Den Laden können wir mit der Ausrede schließen, dass wir modernisieren. Das ist nichts Verdächtiges. Und was die magische Aktivität angeht, so könnten wir sagen, dass wir deinen Geburtstag gefeiert haben und dass die Party ein bisschen aus dem Ruder gelaufen ist, weil wir ein Wettzaubern veranstaltet haben.«

»Hm«, brummte Damian. Er wirkte nicht sonderlich zufrieden. »Mein Geburtstag ist erst übermorgen, und ich feiere normalerweise nie!«

»Dann ist es in diesem Jahr eben anders«, meinte Alma und machte einen leicht genervten Eindruck. »Und deinen Geburtstag haben wir vorab gefeiert, weil… weil… weil heute Vollmond ist und Feiern bei Vollmond bekanntlich Glück bringt.«

»Warst du schon immer so gut im Erfinden von Ausreden?«, fragte Damian misstrauisch.

Almas Wangen färbten sich rot. »O Damian, sei nicht so kleinkariert. Kleine Schwindeleien sollten durchaus erlaubt sein, wenn sie das Leben leichter machen.«

»Wenn wir den Magischen Kontrolldienst anlügen, dann ist das keine kleine Schwindelei, sondern ein massiver Betrug«, widersprach Damian.

»Mein lieber Sohn Damian«, meldete sich Opa Orpheus nun zu Wort, der bisher stumm zugehört hatte, »du willst doch nicht ernsthaft, dass deine Mutter wegen ihres Missgeschicks vor das Zaubergericht muss?«

Maila und Robin starrten ihren Vater vorwurfsvoll an.

»Das… das will ich natürlich nicht«, brummte Damian. »Andererseits will ich auch nicht, dass wir gegen das Gesetz verstoßen und unseren Laden schließen müssen.«

»Deshalb kein Wort zu niemandem«, sagte Alma hastig. »Und die ausgebüxten Maglings holen wir so schnell wie möglich zurück. Damian, am besten machst du gleich einmal eine Bestandsaufnahme, was uns fehlt. Du hast den besten Überblick über unsere Waren.«

Damian zog seine Brille aus der Hemdtasche und setzte sie auf. »Gut, ich werde nachher die Warenlisten heraussuchen.« Er blickte in die Runde. »Aber wer soll die Maglings zurückbringen? Weder ich noch Alma können die Menschenwelt betreten. Vater, du kannst es auch nicht – oder irre ich mich?«

Opa Orpheus schüttelte betrübt den Kopf. »So leid es mir auch tut, da kann ich nicht helfen.«

»Ich könnte es, aber ich habe leider immer noch Übertrittsverbot.« Oma Luna seufzte. »Ich ärgere mich noch heute grün und blau, dass ich vor fünfunddreißig Jahren in der Walpurgisnacht so über die Stränge geschlagen habe.«

Die alte Geschichte war schon fast eine Legende. Damals hatte Oma Luna ausgelassen mit einigen Freundinnen und Freunden gefeiert. Sie waren schon reichlich beschwipst gewesen, als jemand den Vorschlag gemacht hatte, ein paar Rallye-Runden mit dem Besen zu fliegen, und zwar in der Menschenwelt. Oma Luna und zwei ihrer Freundinnen waren die Einzigen, die mit den Ohren wackeln und die Schwelle zur Menschenwelt überwinden konnten. Die drei sausten mit ihren Besen los und flogen etliche irre Runden um den Kölner Dom, bis sie von zwei Wärtern des Magischen Kontrolldiensts eingefangen und zurückgebracht wurden. Oma Luna und ihre Freundinnen wurden vor das Zaubergericht gestellt, erhielten eine hohe Geldstrafe und ein lebenslanges Verbot, die Menschenwelt zu betreten. Der Spaß war ihnen teuer zu stehen gekommen.

»Aber lustig war es damals trotzdem«, ergänzte Oma Luna. »Meine Güte, was waren wir jung! Das ganze Leben lag noch vor uns …«

Damian schüttelte den Kopf. »Du hättest dir den Hals brechen können, Mama!«

Oma Luna hob beschwichtigend die Hände. »Also – ich kann nicht zu den Menschen, um die Maglings einzusammeln. Aber wie steht es mit dir, Maila?«

»Ich?«, sagte Maila überrascht. Sie konnte es nicht fassen, dass Oma Luna ihr diesen Vorschlag machte. Maila war insgeheim schon lange neugierig auf die Menschenwelt und hatte sich vorgenommen, unbedingt eines Tages dorthin zu reisen. Später, wenn sie erwachsen war. Doch jetzt schien sich ihr Wunsch früher zu erfüllen als erwartet. Sie begann zu strahlen.

»Das geht auf keinen Fall!«, sagte Damian. »Sie ist viel zu jung für so eine Aufgabe!«

»Maila könnte bei meiner Schwester Juna wohnen«, überlegte Alma laut. »Juna hilft ihr bestimmt, die Maglings zu finden.«

Einen Moment lang war es ganz still am Tisch. Tante Juna, die ebenfalls mit den Ohren wackeln konnte, hatte immer wieder Ausflüge in die Menschenwelt unternommen und sich eines Tages in einen Menschenmann verliebt. Letztes Jahr hatte sie Justus geheiratet und lebte seitdem ganz in der Welt der Menschen. Onkel Justus hatte keine Ahnung, dass seine Frau in Wirklichkeit eine Hexe war.

»Das ist ein ganz bescheuerter Vorschlag!« Robin sprang auf und knirschte mit den Zähnen. »Papa hat recht, Maila ist viel zu jung! Ich könnte die Aufgabe übernehmen, aber leider fehlt mir euer beknacktes Ohren-Wackel-Talent!« Zornig stürmte er aus der Küche und knallte die Tür hinter sich zu. Ein Stück Putz bröckelte in Zeitlupe von der Zimmerdecke.

Lauter Lügen und ein Brief

Es kam, wie Mailas Papa es vorhergesehen hatte: Bereits am nächsten Nachmittag standen zwei Männer vom Magischen Kontrolldienst vor der Ladentür.

Maila kehrte gerade von der Schule heim. Sie sah, wie sich ihre Mutter in der Tür aufbaute und den Männern zunächst den Eintritt verwehrte.

»Ich möchte Ihre Ausweise sehen«, verlangte Alma. Ihre Stimme klang so streng, als würde sie Maila befehlen, endlich – aber dalli! – ihr Zimmer aufzuräumen.

Die Männer wechselten einen Blick, dann zückten sie ihre funkelnden Dienstmarken. Alma setzte ihre Brille auf und prüfte eingehend die Marken. Zum Schluss biss sie sogar hinein.

»Echtes Gold«, sagte sie dann tadelnd. »Was für eine Verschwendung für ein paar einfache Dienstmarken.«

»Dürfen wir jetzt eintreten?«, fragte einer der Männer

höflich, nachdem sie ihnen die Dienstmarken zurückgegeben hatte.

»Meinetwegen«, antwortete Almas Mutter. »Sie kommen allerdings ziemlich ungelegen. Wir renovieren gerade. Ich nehme an, dass Sie keine Lust haben, uns dabei zur Hand zu gehen?«

Die Beamten lachten ein bisschen, dann schoben sie sich an Alma vorbei ins Ladeninnere. Auch Maila schlüpfte an ihrer Mutter vorbei, die genervt mit den Augen rollte und ihr stumm zu verstehen gab, sie solle sich schleunigst in ihr Zimmer verziehen.

Aber Maila war viel zu neugierig. Sie wollte wissen, was die Beamten zu sagen hatten. Anstatt sich zu verdrücken, lauschte sie hinter einer ausgehängten Tür.

»Sind Sie Frau Espenlaub?«, fragte der erste Mann.

Alma nickte. »Ich bin Alma Espenlaub«, sagte sie. »Es gibt noch eine andere Frau Espenlaub: Luna. Das ist meine Schwiegermutter, aber sie ist leider krank und liegt mit einem äußerst ansteckenden Ausschlag im Bett.«

Maila spitzte hinter ihrem Versteck hervor und bemerkte, wie sich die Beamten nervös anblickten. Sie musste die Hand auf ihren Mund legen, um nicht laut loszulachen.

»Sicher können Sie uns alles sagen, was wir wissen wollen«, meinte der erste Beamte nach einem kurzen Zögern.

»Nur zu«, sagte Alma munter. »Fragen Sie mir ruhig ein Loch in den Bauch. Ich wollte ohnehin abnehmen.«

Der zweite Beamte räusperte sich. »Gestern haben wir eine heftige magische Aktivität in diesem Stadtteil wahrgenommen. Der magische Detektor hat uns zu dieser Adresse geführt. Können Sie uns sagen, was gestern bei Ihnen los gewesen ist?«

Alma seufzte. »Wir haben den Geburtstag meines Mannes gefeiert, und da sind einige Gäste leider ein bisschen ausgetickt. Zu viel Waldhexenbier! Ich habe gleich gesagt, dass das Wettzaubern keine gute Idee ist, aber die Männer wollten sich unbedingt miteinander messen. Es tut mir leid, wenn wir dadurch unangenehm aufgefallen sind. Es wird nicht wieder vorkommen.«

Der erste Beamte holte einen Notizblock hervor und kritzelte etwas darauf.

»Haben Sie etwas dagegen, wenn wir uns trotzdem noch ein wenig umschauen?«, fragte der Mann dann.

»Natürlich habe ich etwas dagegen«, sagte Alma. »Unser Laden *Wünsch dir was* ist normalerweise ein schmuckes kleines Geschäft. Aber jetzt sieht es hier aus wie in einem – Entschuldigung – Schweinestall! Was für einen Eindruck müssen Sie von uns bekommen! Mir wäre es wirklich lieber, wenn Sie in zwei Wochen wiederkommen würden.«

»Sie verstehen vielleicht auch, dass wir nur unserer

Pflicht nachgehen«, sagte der zweite Beamte. »Und das Durcheinander hier stört uns keineswegs. Bitte treten Sie kurz zur Seite, Frau Espenlaub!« Er zog ein kleines Gerät aus der Tasche, das so laut zu ticken begann wie eine verrückt gewordene Taschenuhr. »Hm … äußerst starke magische Verschmutzung …«

Maila hatte plötzlich eine Eingebung. »Mama!«, rief sie hinter der Tür hervor. »Oma kommt die Treppe runter, obwohl sie doch in ihrem Zimmer bleiben soll. Wo ist mein Schutzanzug?«

»Der hängt in der Küche, Liebling!«, rief Alma geistesgegenwärtig zurück. »Zieh ihn schnell an, damit du dich nicht ansteckst. Grüne Eiterpickel braucht niemand!«

Maila verkniff sich das Grinsen und verzog sich nach hinten. Sie hörte noch, wie sich die Beamten mit »Wir kommen besser ein anderes Mal wieder!« verabschiedeten.

»Bingo!« Maila reckte triumphierend die Faust in die Luft.

Kurz darauf kam ihre Mutter zu ihr und umarmte sie fest.

»Maila, du bist ein tolles Mädchen!«, flüsterte sie in Mailas Karottenhaar. »Was hätte ich nur ohne dich gemacht?«

Seit feststand, dass Maila in die Menschenwelt reisen sollte, konnte das Hexenmädchen nicht mehr gut schlafen – teils vor Aufregung, teils vor Sorge, ob sie der Aufgabe überhaupt gewachsen war.

Tante Juna hatte noch nicht geantwortet, ob sie mit dem Plan einverstanden war. Das lag allerdings an der schlechten Verbindung zwischen der Hexen- und der Menschenwelt. Briefe mussten mit einem Wiesel auf den Weg geschickt werden, und das dauerte eben. Wiesel konnten genau wie Katzen ohne Probleme zwischen der Menschen- und der Hexenwelt hin und her wechseln. Katzen waren als Boten allerdings weniger gut geeignet. Bei ihnen bestand immer die Gefahr, dass sie unterwegs ihren Auftrag vergaßen, weil ihnen eine nette fremde Familie ein Schälchen Milch oder einen Teller mit Premium-Katzenfutter servierte. Um Wiesel dagegen kümmerte sich in der Regel niemand, im Gegenteil. Maila hatte gehört, dass Wiesel in der Menschenwelt gefürchtet waren, weil sie gern irgendwelche Bremsschläuche oder die Kabel von Solaranlagen durchnagten, obwohl dieses Zeug bestimmt nicht lecker schmeckte.

Mailas Eltern und Großeltern hatten inzwischen eine erschreckend lange Liste mit den verschwundenen Maglings erstellt. Das Schlimme war, dass sich die Katastrophe nicht nur auf den eigenen Laden beschränkte. Auch in der benachbarten Zoohandlung waren sechs weiße Zauberkaninchen, die sich unsichtbar machen konnten, verschwunden. Außerdem fehlten ein Einhornfohlen, zwei junge Phönixe und ein uraltes geflügeltes Pferd, das auf einer Weide hinter der Zoohandlung sein Gnadenbrot bekommen hatte. Zum Glück war Oma Luna mit der Ladeninhaberin seit vielen Jahren ganz dick befreundet, und Oma Luna hatte ihrer Freundin versichert, dass Maila alle magischen Tiere wieder einfangen und heil zurückbringen würde.

»Ob ich das wirklich kann?«, grübelte Maila, als sie wieder einmal schlaflos im Bett lag. Der Mond schien zu ihrem Dachfenster herein, und obwohl er so aussah, als hätte jemand ein dickes Stück von ihm abgebissen, schien er ihr vertrauensvoll zuzuzwinkern.

»Ach, Mond!« Maila seufzte. »Weißt du eigentlich, wie schwer ich es habe? Alles wird neu für mich sein! Ich werde auf eine andere Schule gehen müssen – und meine Freundinnen bleiben alle hier!« Sie seufzte noch einmal. »Und ob ich die verflixten Maglings überhaupt finde, weiß ich auch nicht!«

Es wäre ihr viel lieber gewesen, wenn sie nicht allein in die Menschenwelt hätte reisen müssen. Notfalls hätte sie sogar Robin mitgenommen, obwohl er so oft ekelhaft zu ihr war. Wenigstens kannte sie Tante Juna. Von all den Onkeln und Tanten war Juna Mailas Lieblingstante. Als Maila noch in den Kindergarten ging, hatte Tante

Juna ihr schon Zaubertricks beigebracht, die eigentlich für Ältere gedacht waren. Juna war eine sehr talentierte Hexe – und Maila begriff nicht, warum sie einen Menschenmann geheiratet hatte. In einem ihrer Briefe hatte Juna geschrieben, dass sie Angst hätte, das Zaubern ganz zu verlernen, weil sie jetzt so wenig Gelegenheit dazu hätte. Alma hatte gemeint, dass Juna wohl aus Rücksicht auf ihren Ehemann auf das Hexen verzichtete.

»Das Zaubern aufgeben – aus Liebe?«, fragte Maila jetzt laut, obwohl niemand ihr zuhörte – außer dem Mond, dem es herzlich egal war. »Finde ich ziemlich blöd, ehrlich!«

In diesem Moment hörte sie, wie etwas wieselflink an der Hauswand hochkletterte. Maila setzte sich senkrecht im Bett auf und lauschte mit klopfendem Herzen. Jetzt vernahm sie das metallische Tappen von Tierpfoten auf der Regenrinne – klack, klack! –, dann lief etwas über die Dachziegel. Schließlich stoppten die Pfoten, und ein pelziges Gesicht mit grün leuchtenden Augen erschien vor dem Fenster.

Maila sprang auf, um das Fenster zu öffnen.

Das Wiesel schaute nur kurz ins Zimmer, dann ließ es eine Pappröhre fallen und verschwand ebenso schnell, wie es gekommen war.

»Danke!«, rief Maila dem Wiesel nach. Zu Postboten musste man nett sein. Mama und Oma hielten meistens ein paar Hackfleischbällchen bereit, wenn ein Wiesel erwartet wurde. Maila hätte ihm nur einen Kaugummi anbieten können, aber der wäre vermutlich nicht besonders gesund für das Wiesel gewesen.

Sie schloss das Fenster und bückte sich nach der Post. Es war eine leere Klopapierrolle, die mit Packpapier umwickelt war, auf dem die Adresse stand. Im Innern der Pappröhre befand sich ein zusammengerollter Brief von Tante Juna.

Liebe Maila, schrieb Tante Juna, *ich freue mich sehr darüber, dass Du mich besuchen willst. Wir haben uns schon so lange nicht mehr gesehen! Bestimmt haben wir uns jede Menge zu erzählen!*

Deine Mutter schreibt, dass es bei Euch zu Hause eine Art Unfall gegeben hat, weil Deine Oma beim Zaubern unvorsichtig war. Das musst Du mir natürlich genauer berichten, wenn Du da bist! Und angeblich sind auch einige Maglings versehentlich in die Menschenwelt geraten. Hm, das klingt übel! Aber ich helfe Dir natürlich die Ausreißer zu finden und zurückzubringen. Ehrenwort!

Allerdings müssen wir vorsichtig sein. Du weißt ja, dass ich Justus geheiratet habe, einen Menschenmann. Er weiß nicht, dass ich eine Hexe bin! Wahrscheinlich würde er vor Schreck ohnmächtig werden! Also – Du darfst ihm natürlich auch nichts verraten! Und wenn Du hier zur Schule gehst, ist es streng verboten zu hexen!

Du bist ja ein kluges Mädchen und sicher ganz vorsichtig!

Übrigens gibt es noch eine Überraschung: Ich bekomme ein Baby! Es dauert noch einige Monate, bis es geboren wird, aber Justus und ich freuen uns schon wahnsinnig auf unser Kleines!

Bestimmt bist Du eine ganz wundervolle Babysitterin, wenn das Baby erst einmal da ist. Denn eine Sache macht mir etwas Sorgen: Ob das Baby meine Hexenkräfte geerbt hat?

Ich erinnere mich noch gut daran, als Du ganz klein warst. Du lagst in deiner Wiege und hast Deinen Teddybären immer wieder in die Luft schweben lassen. Eine tolle Leistung für so eine winzige Hexe! Aber was, wenn mein Baby das auch macht?

Ich darf gar nicht daran denken!

Doch zusammen werden wir bestimmt alles hinkriegen!

Ich freue mich sehr auf Dich!

Wann kommst Du?

Eine dicke Umarmung und viele liebe Grüße

von Deiner Tante Juna

PS: Habe ich Dir schon erzählt, dass Justus der Schulleiter des hiesigen Gymnasiums ist? Er freut sich natürlich ebenfalls auf Dich. Wahrscheinlich wirst Du ja in seine Schule gehen!

Maila ließ den Brief sinken. Sie grinste. Ein Baby! Das war toll! Aber dass sie in der Menschenwelt nicht hexen sollte, war richtig, richtig doof. Klar, was Onkel Justus anging, da würde Maila äußert vorsichtig sein. Aber sonst? Ein bisschen Hexerei konnte das Leben doch viel einfacher machen …

Abschied mit Blindschleiche

»Was heißt das – du willst zu deiner Tante ziehen?«, fragte Ninive Meyrink einige Tage später. Sie war Mailas allerbeste Hexenfreundin. »Du kannst uns doch nicht einfach im Stich lassen!«

»Das geht nicht!«, sagte auch Ophelia Mondfink. Sie war fast genauso dick mit Maila befreundet. Die drei Freundinnen verbrachten jede freie Minute miteinander. Maila und Ninive besuchten dieselbe Klasse, während Ophelia bereits eine Klasse weiter war. In den Pausen trafen sie sich meistens an ihrem Lieblingsplatz: auf der Bank unter der großen Ulme.

»Ihr seid so lieb.« Maila seufzte. »Ich gehe ja nicht ganz freiwillig, sondern werde von meiner Familie dorthin geschickt.«

»Frechheit!«, empörte sich Ninive. »Auch Kinder haben schließlich Rechte! Wo wohnt deine Tante überhaupt? Wir werden dich natürlich so oft wie möglich besuchen, das ist ja wohl klar!«

Maila zögerte. Sie wusste nicht, wie viel sie verraten durfte. Schließlich war die Sache streng geheim. Andererseits konnten ihre allerbesten Freundinnen sicher ein Geheimnis bewahren.

»Ihr müsst schwören, dass ihr niemandem ein Wort verratet«, verlangte Maila.

Ninive und Ophelia nickten eifrig und rückten enger zusammen.

»Raus damit«, sagte Ninive. »Was hast du angestellt? Warum wirst du fortgeschickt?«

Maila erzählte im Flüsterton, was passiert war.

»Wow, das ist echt krötenkrass!«, rief Ninive, als sie erfahren hatte, dass so viele Maglings ausgebüxt waren. »Dafür könnte deine Oma in einen Wasserfall verwandelt oder des Landes verstoßen werden!« Ninive interessierte sich sehr für Hexenrecht und Gesetze und wollte später einmal eine Anwaltshexe werden.

»Schschsch!«, machte Ophelia warnend. »Deswegen soll ja auch niemand etwas davon erfahren.«

»Genau!«, bestätigte Maila. »Versteht ihr jetzt, dass ich meiner Familie unbedingt helfen muss? Schließlich bin ich außer Oma die Einzige, die mit den Ohren wackeln kann. Nur ich kann in die Menschenwelt reisen.«

»Och.« Ninive grinste. »Dann kannst du sicher sein,

dass ich dich einmal besuche. Denn mit den Ohren wackeln kann ich auch. Auch wenn ich damit allein bin in unserer Familie.«

Maila konnte ihr Glück kaum fassen. Ninive war auch eine Ohrenwacklerin! Man sprach unter Hexen nicht gern über das Ohrenwackeln. Es war etwas sehr Persönliches, und da nur so wenige Hexen es konnten, gab es schnell Neid bei dem Thema. Quacksalber machten ein großes Geschäft mit angeblichen Ohrenbeflügler-Salben. Und manch reiche Hexe soll sogar schon zum Chirurgen gegangen sein, um sich die Ohren richten zu lassen – ohne Erfolg. Darum hatte Maila es bisher vermieden, mit ihren Freundinnen darüber zu reden.

Ophelia runzelte die Stirn. »Bei uns kann es niemand. Kein Einziger. Meine Mutter sagt, dass es auch völlig unwichtig ist. Man kann trotzdem eine gute Hexe sein.«

»Na, aber Ohrenwackeln hilft schon bei manchen Sachen«, meinte Ninive. »Hast du es denn schon einmal ausprobiert?«

Ophelia schüttelte den Kopf. »Nein, warum? Wenn ich es sowieso nicht kann …«

»Du könntest ja auch eine Ausnahme in deiner Familie sein.« Ninive ergriff Ophelias lange blonde Haare und steckte sie ihr hinter die Ohren. »Versuch's doch wenigstens einmal. Jetzt sofort.«

»Ach, lass doch!« Ophelia verdrehte die Augen. Ninive

konnte manchmal nerven. Sie gab erst dann Ruhe, wenn sie ihren Willen bekam.

In diesem Moment ertönte der heisere Schrei einer Schleiereule – die Schulklingel. Die drei Mädchen stöhnten im Chor und standen von der Bank auf. Mailas Blick wanderte zu dem Schulgebäude aus roten Ziegelsteinen. Der Moorhof war früher ein Bauernhof gewesen. Dann hatte ein Ehepaar den Hof gekauft, um auf dem weitläufigen Gelände Einhörner zu züchten. Weil die Wiesen aber so sumpfig und die angrenzenden Wälder so düster waren, waren die Einhörner sehr traurig geworden und verloren die Lust, sich zu vermehren. Das Ehepaar musste den Hof aufgeben und mit großem Verlust an die Stadt Großhexenfurt verkaufen, die daraus eine Schule machte. Das war jetzt auch schon dreißig Jahre her. Inzwischen war der Hof noch düsterer geworden. Die Mauern waren mit Elms-Efeu überzogen, einer Pflanze, die im Herbst superbunte Blätter in allen Regenbogenfarben abwarf – normalerweise. Hier wurde das Blattwerk aber nur grau und dann schwarz. Dafür leuchteten der Stamm und die Äste der Pflanze nach dem Blattabwurf in der Nacht neongrün, den ganzen Winter hindurch. Wenn die Nacht so finster war, dass die Umrisse der Schule verschwammen, glommen die magisch leuchtenden Äste und Zweige als feines Gespinst in der Dunkelheit – ein gruselig-schöner Anblick!

Ninive hielt die schwere Eichentür für Maila und Ophelia auf und folgte dann ihren Freundinnen in die Aula, während sich die Tür hinter ihnen knarrend schloss. Maila atmete den staubigen und nach Bohnerwachs riechenden Duft ein, der sommers wie winters so typisch für ihre Schule war. Wahrscheinlich würde sie sich noch in hundert Jahren an diesen Geruch erinnern. Ophelia behauptete, immer Kopfweh davon zu kriegen. Ninive dagegen spottete, es sei die Restmagie misslungener Experimente, die so stinken würde.

Mailas und Ninives Klassenzimmer lag im ersten Stock, während Ophelia im Erdgeschoss blieb. Die Freundinnen verabschiedeten sich voneinander, dann stiegen Ninive und Maila die Treppe hoch, die fast leer war, weil die Mädchen so getrödelt hatten.

Fräulein Bockfett, eine hagere Lehrerin mit spinnenfarbenem Dutt und einer runden, randlosen Brille (man behauptete, sie könne damit die Zukunft sehen), stand bereits hinter dem Pult und klopfte ungeduldig mit ihren spitzen Fingernägeln auf die Holzplatte, als Maila und Ninive das Klassenzimmer betraten.

»Etwas hurtiger, die Damen!« Mit ihrer Stimme hätte man Zwiebeln schneiden können.

Maila und Ninive huschten auf ihre Plätze. Maila hatte ihr Heft und ihr Zauberbuch noch nicht aus der Tasche geholt, als Fräulein Bockfett sie an die Tafel rief. Es ging um das große Hexeneinmaleins mit negativen Zahlen. Maila verstand nicht, warum man beim Zaubern gleichzeitig im Kopf eine komplizierte Rechenaufgabe lösen sollte. Es war doch klar, dass man sich dann nicht richtig konzentrieren konnte und die Zauberei darunter litt!

»Maila Espenlaub«, sagte Fräulein Bockfett so vorwurfsvoll, dass sich Maila vorkam wie eine Verbrecherin, »ich habe gehört, dass du uns bald verlassen wirst. Trotzdem gibt es keinen Grund, die Hausaufgaben schleifen zu lassen, selbst wenn du in Kürze auf eine andere Schule gehst. Habe ich recht?«

»Natürlich, Fräulein Bockfett«, erwiderte Maila, denn das war die einzig richtige Antwort. Fräulein Bockfett hatte es schon fertiggebracht, aufmüpfige Schüler in einen Kartenständer zu verwandeln. Die Armen mussten es so eine ganze Unterrichtsstunde aushalten, ohne sich am Kopf kratzen zu können, wenn es juckte. Wenn Fräulein Bockfett eine Karte aufhängte, war es noch schlimmer, denn dann musste der Betroffene die Karte die ganze Zeit praktisch mit den Zähnen festhalten.

Ninive hatte erzählt, dass Fräulein Bockfett sie einmal zur Strafe während des Nachsitzens in einen Kerzenständer verzaubert hätte. Dann hatte die Lehrerin eine Wachskerze auf ihr angesteckt. Das heiße Wachs war die ganze Zeit auf Ninives Kopf getropft – und Ninive hatte eine halbe Woche gebraucht, bis die letzten Wachsreste aus ihren dunklen, krausen Haaren verschwunden waren.

»Also, Maila.« Fräulein Bockfetts kleine Augen funkelten, als sie Maila einen Bleistift in die Hand drückte. »Verwandele diesen Bleistift in eine Blindschleiche und sage mir, wie viel minus 13 mal minus 17 ist.«

Eine Blindschleiche! Das war zwar keine Schlange, sondern nur eine Art Eidechse ohne Beine, aber sie sah trotzdem aus wie eine Schlange. Und Maila fürchtete sich vor allem, was sich auf dem Boden schlängelte. Fräulein Bockfett stellte ihr so eine Aufgabe bestimmt mit voller Absicht!

Maila hielt den Bleistift mit spitzen Fingern fest und versuchte, sich an den richtigen Zauberspruch zu erinnern. Gleichzeitig ratterte es in einem anderen Teil ihres Gehirns wie in einem Computer. Minus 13 multipliziert mit minus 17 ergab …

»209«, sagte Maila, während sich der Bleistift in ihrer Hand in eine leckere Eiswaffel mit einem großen Klecks Sahne obenauf verwandelte. Gleichzeitig wurden Fräulein Bockfetts Brillengläser milchig weiß.

»MAILA ESPENLAUB!«, kreischte Fräulein Bockfett und riss sich die Brille von der Nase.

»… 221, Entschuldigung«, verbesserte sich Maila und starrte auf ihre Eiswaffel. Als sie sah, dass sich unter der

Sahne lauter Regenwürmer krümmten, ließ sie entsetzt die Waffel fallen.

Fräulein Bockfett rieb sich die kurzsichtigen Augen. Ihre Miene war so eisig, dass die Temperatur im Klassenzimmer mindestens um zwei Grad Celsius sank.

»Es… tut mir leid«, stammelte Maila. »Ich kann einfach nicht –«

Die zermatschte Waffel am Boden verwandelte sich in eine silbrig glänzende Blindschleiche. In Zeitlupe schlängelte sich das Tier auf Fräulein Bockfetts Schuhe zu.

Die Lehrerin schnappte hörbar nach Luft. »Na gut, Maila«, sagte sie mit heiserer Stimme. »Das war ja wirklich im letzten Moment. Die Brille werden mir deine Eltern ersetzen.« Sie machte eine kurze Pause. Im Klassenzimmer war es so still, dass man einem Grashüpfer beim Kratzen hätte zuhören können. »Es war eine ganz besondere Brille. Sehr selten und teuer.«

Maila schluckte und nickte.

»Geh auf deinen Platz zurück!«, befahl Fräulein Bockfett. Dann bückte sie sich und griff nach der Blindschleiche, die sich gleich darauf in den Bleistift zurückverwandelte.

Maila setzte sich neben Ninive, die so breit grinste, als sei sie gerade von einem Einhorn geküsst worden.

»Alte Stinkmorchel! Das ist so was von galgenmäßig krass!«, zischte Ninive.

»Was meinst du?«, fragte Maila.

»Na, ich habe nur kurz mit dem rechten Ohr gewackelt, da hat sich deine Waffel verwandelt«, wisperte Ninive. »Ohrenwackeln verstärkt jeden Zauber, das hab ich noch gar nicht gewusst! Schafswahnsinn!«

»Danke!«, sagte Maila leise, die jetzt begriff, dass Ninive ihr aus der Patsche geholfen hatte. Zum Glück hatte Fräulein Bockfett nichts gemerkt. Wenn Fräulein Bockfett jemanden beim Vorsagen oder Spicken erwischte, wurde sie fuchsteufelswild – buchstäblich! Sie verwandelte sich dann in einen roten Fuchs und zeigte ihre spitzen Zähne. Manchmal schnappte sie auch nach der Hand des Schuldigen, die sich daraufhin verwandelte. Dann musste sich derjenige mindestens eine Woche lang mit einer Fuchspfote herumärgern, bevor sie sich wieder in eine Hand zurückverwandelte.

Fräulein Bockfett fuhr mit dem Unterricht fort. Maila hörte eine Weile zu, aber nach und nach spazierten ihre Gedanken zu Tante Juna in die Menschenwelt. Nur noch 14 Tage bis zur Abreise! Bis dahin gab es jede Menge zu tun. Einpacken, was am allerwichtigsten war, den Eltern beim Renovieren des Ladens helfen – und ja, eine Abschiedsparty musste natürlich auch sein!

Die Zeit verging wie im Flug. Die Tage schienen zu schrumpfen wie getrocknete Pilze. Maila freute sich sehr auf Tante Juna, aber sie hatte auch ziemlichen Bammel vor den Menschen, insbesondere vor Onkel Justus, von dem sie kaum etwas wusste. Robin lachte sie wegen ihrer Ängste aus.

»Er ist bestimmt ein zwei Meter großes Scheusal mit fettigen Haaren und Mundgeruch, wechselt seine Socken höchstens zweimal im Jahr, sitzt nur auf der Couch und mampft ständig rohes Sauerkraut«, spottete er.

»Du bist gemein«, schimpfte Maila.

»Und du bist ein kleiner Feigling«, gab Robin zurück. »So kenne ich dich gar nicht. Ich würde ja gern an deiner Stelle zu Tante Juna reisen, aber dazu müsstest du mir deine fabelhaften Wackelohren leihen. Im Gegenzug bekommst du meine beiden linken Hände!«

»Vielen Dank, ich verzichte gerne!«, zischte Maila.

Ihre Mutter hatte vor einer Stunde Robin mit der Bemerkung aus dem Laden geworfen: »Du hast ja zwei linke Hände!«

Robin hatte beim Renovieren helfen sollen. Doch als er die Löcher in der Wand mit Gips verspachteln wollte, war ihm der Gipspott aus der Hand gerutscht und der Inhalt auf die neuen Fliesen gespritzt, die Mailas Vater erst vor zwei Tagen verlegt hatte. Beim Einkleistern der Tapeten hatte sich Robin nicht viel besser angestellt. Die langen Bahnen verklebten ineinander und wurden unbrauchbar. Robin beteuerte, er habe es nicht mit Absicht gemacht, sondern ein Mitschüler habe ihm einen Zauberfluch geschickt, aber Maila glaubte ihm kein Wort.

Die meisten nicht magischen Leute, insbesondere die Menschen, dachten immer, dass Hexen alle Dinge mit Zauberei erledigten. Doch so einfach war es nicht. Zauberei hatte ihre Tücken. Manchmal war der Zauber nicht dauerhaft. Hätten Mailas Eltern und Großeltern den Laden per Zauberei wieder in einen annehmbaren Zustand versetzt, so hätte es passieren können, dass nach drei oder sechs Wochen die Tapeten von den Wänden fielen, die Fliesen zersprangen oder die Mauern vollends einstürzten. Wenn der Zauber von Dauer sein sollte, dann brauchte man einen sehr komplizierten Bindezauber – und trotzdem konnte es schiefgehen. Maila hatte schon von einem Schloss gehört, dass nach 413 Jahren einfach in sich zusammengefallen war, weil der Zauber abgelaufen war. Deswegen wurden auch in der Hexenwelt die meisten Gebäude auf herkömmliche Weise mit der Hand errichtet. Partyzelte dagegen, die nur ein paar Stunden gebraucht wurden, konnte man, genau wie die Dekoration, nach Lust und Laune herbeihexen. Was Lebensmittel anging, so ließen sich zwar die schönsten Speisen zaubern, aber richtig satt wurde man davon nicht. Hingegen verlieh ein Zauberspruch normal gekochten Speisen einen wunderbaren Geschmack, und das war wiederum wunderbar.

»Ich geh mal runter und helfe Mama und Papa im Laden«, sagte Maila entschlossen und ließ Robin im Chaos ihres Zimmers stehen. Sie hatte nämlich zu packen angefangen, und das entpuppte sich als schwieriger als gedacht. Maila konnte sich einfach nicht entscheiden, was sie mitnehmen wollte. Am liebsten hätte sie ihr ganzes Zimmer, so wie es war, in die Menschenwelt gezaubert. Aber das ging leider nicht.

Dass sie mit dem Packen nicht richtig vorankam, machte Maila ganz zappelig. Da war es gut, seine Hände zu beschäftigen, indem man beispielsweise Wände strich.

Unten im Laden waren ihre Eltern gerade dabei, sich zu streiten.

»Du willst den Laden lila anstreichen?«, schimpfte ihr Vater. »Das kann doch nicht dein Ernst sein, Alma!«

»Was hast du gegen Lila?«, fauchte Mailas Mutter. »Ich finde die Farbe beruhigend und gleichzeitig geheimnisvoll. Es passt zu einem Zauberladen. Wenn wir noch silberne Sterne an die Decke kleben, ist es geradezu perfekt.«

»Perfekt?«, wiederholte Damian und rollte mit den Augen. »Perfekt zum Verrücktwerden?«

Maila räusperte sich. »Störe ich?«

Ihre Eltern drehten sich nach ihr um und lächelten breit.

»Aber nein, Schätzchen, du störst nie«, flötete Alma. »Bist du gekommen, um uns zu helfen?«

»Du könntest ein bisschen gipsen, nachdem Robin so geschlampt hat«, schlug Damian vor.

Das künstliche Lächeln ihrer Eltern ging Maila auf die Nerven. Dachten ihre Eltern wirklich, sie würde die dicke Luft zwischen ihnen nicht bemerken?

»Also, ich finde Lila auch wunderbar«, sagte Maila. »Romantisch-magisch. Bei *MacMagic* sind alle Stockwerke lila gestrichen, und die wissen bestimmt, was sie tun.«

»Bitte erwähne diesen Namen nicht mehr«, sagte Damian zähneknirschend.

»Liebes, warst du etwa bei *MacMagic*?«, fragte Alma und stemmte die Hände in die molligen Hüften.

»Ich nicht, aber Ninive«, antwortete Maila. »Sie war neugierig und wollte sehen, was es dort alles gibt.«

»Und?« Alma runzelte die Stirn.

Maila zuckte mit den Schultern. »Ninive sagt, sie würden einen Haufen Ramsch verkaufen. Hauptsache billig. Sie meint, wir hätten ein viel besseres Angebot.«

Ihre Mutter nickte. »Das meine ich auch. Doch leider haben viele Kunden nicht begriffen, dass wir richtig gute Sachen haben, und rennen lieber zu *MacMagic*, weil es dort jede Menge Sonderangebote gibt.« Sie seufzte. »Beim grünen Knollenblätterpilz, mir wachsen die Sorgen allmählich über den Kopf. Jetzt schließen wir den Laden wegen Renovierung gleich mehrere Wochen, aber wer garantiert uns, dass hinterher überhaupt noch Kunden kommen? Und dann ist da auch noch die Sache mit den verschwundenen Maglings … Ich bin gespannt, wann uns der Magische Kontrolldienst den nächsten Besuch abstattet.«

»Alma, du solltest das Kind nicht mit unseren Problemen belasten«, meinte Damian. »Es reicht doch schon, wenn Maila mit Tante Juna die Maglings aufspürt und wieder zurückbringt. Das ist Verantwortung genug.«

»Ich bin kein Kind mehr, Papa!«, protestierte Maila. »Ich bin 13!«

Ihre Mutter lächelte milde und wollte ihr mit der bekleckten Hand über den Kopf streichen. Maila zuckte zurück. Lila Farbe im Haar fehlte gerade noch!

»Kann ich jetzt gipsen?«, fragte sie ungeduldig.

Damian reichte ihr den Gipspott und eine Schachtel mit Gipspulver. »Du musst das Pulver mit Wasser anrühren. Die Menge steht auf der Packung, aber nimm eher weniger.«

Maila nickte, lief zum Wasserhahn im Gästeklo und mischte den Gips an. Wenig später stand sie auf der Leiter und spachtelte die Risse zu. Die Arbeit entspannte sie. Es erfüllte sie mit Zufriedenheit, wenn unter ihren Händen die Risse verschwanden. Endlich bekam sie den Kopf frei und konnte über das, was sie erwartete, nachdenken.

Packen ist nicht so schlimm, überlegte sie. *Selbst wenn*

ich etwas Falsches mitnehme, ist es keine Katastrophe. Ich bleibe ja nicht lange weg.

Zum ersten Mal freute sich Maila richtig auf ihre Tante und die Menschenwelt. Es würde bestimmt spannend werden!

Eine zauberhafte Abschiedsparty

Am Tag vor Mailas Abreise fand eine Party statt, zu der sie nicht nur Ophelia und Ninive eingeladen hatte, sondern auch alle Jungen und Mädchen aus ihrer Klasse. Selbst Fräulein Bockfett hatte eine Einladung bekommen und zugesagt.

Maila und Robin hatten im Garten hinter dem Haus alles für die Party vorbereitet. Da die Partyzelte und die Dekoration nur ein paar Stunden halten mussten, konnten die Geschwister nach Leibeskräften hexen. Robin hatte zuerst noch schlechte Laune. Es wurmte ihn seit Tagen, dass er nicht an den Jugendmeisterschaften im Freihändig-Zaubern hatte teilnehmen können. Seine wichtigsten Zauberbücher waren leider verschwunden geblieben. Die Exemplare aus der Stadtbibliothek von Großhexenfurt waren von einem anderen Benutzer ausgeliehen worden. Ohne seine Bücher konnte Robin sich nicht gut genug vorbereiten. Opa Orpheus ermahnte Robin, im nächsten Jahr früher mit dem Auswendiglernen von Zaubersprüchen anzufangen, wenn er bei den Jugendmeisterschaften wirklich eine Chance haben wollte. Das machte Robin allerdings noch wütender.

Zuerst waren alle Partyzelte, die er herbeizauberte, pechschwarz. Aus dem herbeigehexten Grill loderten die Flammen wie bei einem Höllenfeuer. Die Lichterketten bestanden aus Totenkopf-Girlanden mit rot glühenden Augen.

»Cool«, sagte Maila und verschränkte die Arme. »Aber es ist meine Party, nicht deine!«

Robin grinste hinterhältig, fuchtelte mit den Armen und verwandelte die Partypavillons in ein bonbonfarbenes Zirkuszelt. Statt eines Grills stand nun eine Puppenküche auf dem Rasen, und unter einer Lichterkette aus rosa Einhörnern wippten mehrere Plüsch-Schaukelpferde in unterschiedlichen Größen und Farben.

»Besser?«, fragte er.

»Du bist ein Idiot«, sagte Maila. »Aber was das Hexen angeht, bist du eindeutig besser geworden.«

Sie streckte den Arm aus, um den Garten nach ihrem Geschmack zu gestalten. Wenig später standen fünf weiße Partyzelte vor ihr, die Dächer waren mit glitzernden goldenen und silbernen Ornamenten geschmückt. Von Baum zu Baum spannten sich Lichterketten mit

Sternen und kleinen Monden, die geheimnisvoll funkelten. Aus der Puppenküche wurde ein langer Tisch, auf dem Maila ein Buffet aufbauen wollte. Maila betrachtete alles und nickte zufrieden. So würde es gehen.

Oma Luna hatte mit einem Wetterzauber dafür gesorgt, dass es während der Party keinen Regen geben würde. Sie und Opa Orpheus halfen Maila in der Küche, in der auch schon Ninive und Ophelia standen und wie verrückt schnippelten. Mailas Mutter hatte verschiedene Kuchen und eine mehrstöckige Abschiedstorte gebacken. AUF WIEDERSEHEN, MAILA, stand darauf und: VIEL GLÜCK!

»Ich werde dich ganz schrecklich vermissen!«, sagte Ninive und schlang von hinten ihre Arme um Maila. »Und bei wem soll ich in der Schule abschreiben? Ich werde grauenhaft schlecht werden! Du bist schuld, wenn ich am Schuljahresende durchfalle!«

Maila musste lachen. »Jetzt übertreibst du, Ninive!« Ninive schrieb nie von ihr ab. Sie war immer ausgezeichnet vorbereitet und vergaß niemals ihre Hausaufgaben. In drei aufeinanderfolgenden Jahren war Ninive Klassenbeste geworden. Um Ninives Schulnoten musste sich Maila wirklich keine Sorgen machen!

»Na gut, vielleicht ein bisschen«, räumte Ninive ein. »Aber ich werde sooo traurig sein, wenn du nicht mehr da bist. Wahrscheinlich habe ich dann gar keine Lust mehr zum Lernen. Und es ist niemand mehr da, mit dem ich um die Wette hexen kann.«

Maila und Ninive hatten sich oft gegenseitig Zaubersprüche abgehört und zusammen geübt. Es wurde Maila schwer ums Herz. Das alles würde jetzt wegfallen, weil sie in der Menschenwelt nicht hexen durfte …

»Du findest sicher jemand anderen, mit dem du um die Wette hext«, sagte Maila mit rauer Stimme. Sie befreite sich von Ninives Armen und drückte ihr einen Teller in die Hand. »Kannst du diesen Salat bitte schon mal raustragen?«

»Klar!« Ninive nickte und verschwand mit der Schüssel nach unten.

Als die anderen Gäste eintrudelten, war Maila immer noch betrübt. Das melancholische Gefühl ließ sich einfach nicht abschütteln. Maila musste ständig daran denken, dass es eine lange Zeit dauern würde, bis sie ihre Klassenkameraden wiedersah. Und selbst wenn sie wieder ganz in die Hexenwelt zurückkehrte, würden sie vielleicht nicht mehr dieselbe Klasse besuchen, weil Maila im Hexen hinterherhinkte. Schon wenige Wochen würden sie ernsthaft zurückwerfen, denn jetzt, in der Klasse 8, war der Lernstoff enorm. Es dauerte nur noch zwei Jahre bis zum *Silbernen Zauberstab*, dem ersten großen Hexen-Examen. Diese Prüfung war für die weitere Zukunft entscheidend.

»Maila Espenlaub, du wirkst ein wenig traurig«, sagte plötzlich eine Stimme neben ihr. Maila hätte um ein Zauberhaar die Schüssel fallen lassen, die sie gerade trug. Es war Fräulein Bockfett, die sie angesprochen hatte. Maila bemühte sich um ein Lächeln.

»Abschied ist nie schön«, murmelte sie.

»Aber Maila, was redest du da?« Fräulein Bockfetts Augen schienen sie zu durchbohren. »An deiner Stelle würde ich vor Freude in die Luft springen. Diese Chance, diese einmalige Chance!«

Mailas Herz klopfte schneller. Ahnte Fräulein Bockfett etwa, dass sie in die Menschenwelt reisen würde? Erst nach ein paar Sekunden begriff Maila, was die Lehrerin meinte. Offiziell wurde Maila in den Norden geschickt, um das legendäre *Merlin-Internat* zu besuchen, eine teure private Eliteschule, die jedes Jahr nur wenige Schüler aufnahm.

»Es ist eine große Ehre, dieses Internat zu besuchen«, fuhr Fräulein Bockfett fort. »Es bringt die berühmtesten Hexen und Zauberer hervor. Ich weiß ja nicht, wie deine Eltern es geschafft haben, dass du dort angenommen wurdest. Ich hoffe, du machst das Beste daraus und strengst dich mehr an als bisher.«

»Natürlich, Fräulein Bockfett«, log Maila. »Genau das habe ich vor.«

Der Blick der Lehrerin wurde noch prüfender. »Deine

Eltern behaupten, an unserer Schule seist du unterfordert gewesen. Stimmt das?«

Maila räusperte sich. Was sollte sie nur sagen? »Ja, das ist richtig«, haspelte sie. »Ich habe mich oft ein bisschen gelangweilt.«

Fräulein Bockfetts Nase zuckte vor Ärger. »Nun, zum Glück bist du ja nicht meine Tochter! Ich hätte schon dafür gesorgt, dass du meinen Unterricht interessant findest.« Und damit stapfte sie zum nächsten Tisch, um sich einen Schokoladen-Sauerkraut-Pudding zu holen. Dieser wirklich scheußlich schmeckende Pudding war bei älteren Damen sehr beliebt, denn er milderte vier Stunden lang alle Falten.

Während sich die Gäste am Buffet bedienten, erschien eine Band, die Robin organisiert hatte. Sie bestand aus ihm und zwei seiner Klassenkameraden. Schnell war eine Bühne herbeigezaubert, auf der die Jungs auftreten konnten. Ny, Robins bester Freund, spielte auf einer magischen Luftgitarre, während Gaston ein unsichtbares Schlagzeug bearbeitete. Robin stellte sein Keybord auf und spielte darauf, ohne die Tasten zu berühren. Obwohl keiner der Jungs auf die anderen beiden Rücksicht nahm, war der Sound erstaunlich harmonisch. Maila bemerkte, wie ihre Beine zu zucken begannen. Hatte Robin ihr einen Tanzzauber geschickt? Sie schaute zur Bühne und begegnete Nys dunklem Blick. Er lächelte sie an, dann warf er schwungvoll seine langen schwarzen Haare zurück und ließ die Luftgitarre noch lauter vibrieren.

Maila war verwirrt. Was hatte dieser Blick zu bedeuten? Sie hatte in Ny niemals etwas anderes als den Freund ihres Bruders gesehen! Ophelia zupfte Maila am Ärmel und grinste.

»Ich glaube, der steht auf dich!«, zischte sie.

»Unsinn!«, entgegnete Maila, eine Spur zu heftig. In ihrem Kopf tauchte eine Reihe von Erinnerungen auf. Ny neulich in der Küche, als er ihr unbedingt beim Abwasch helfen wollte. Eine Begegnung auf der Treppe, als er sie nicht vorbeigelassen und ganz seltsam angesehen hatte. Die Einladung zu seinem 16. Geburtstag, die sie ausgeschlagen hatte, weil sie mit Ninive einen magischen Zirkus besuchen wollte … Konnte Ophelia am Ende doch recht haben?

»Ich glaube, mir wird schlecht«, stöhnte Maila, obwohl sie gar nicht von dem schrecklichen Pudding gegessen hatte. Sie flüchtete in eine dunkle Ecke des Gartens, um einen Moment allein zu sein und sich wieder zu fassen. Warum brachte sie der Gedanke an Ny nur so durcheinander? Sicher lag es daran, dass sie im Moment wegen ihrer bevorstehenden Abreise so dünnhäutig war. Da wurde ihr leicht alles zu viel, selbst der harmlose Blick eines älteren Jungen. Das hatte nichts zu bedeuten, überhaupt nicht!

Nach ein paar Minuten fühlte sich Maila wieder besser und ging zu ihren Freundinnen zurück. Dort wartete eine Überraschung auf sie. Die Mädchen und Jungs aus ihrer Klasse hatten zusammengelegt und ihr ein Abschiedsgeschenk besorgt – eine große Kiste, die in knallbuntes Geschenkpapier eingewickelt war.

»Ihr seid verrückt!«, rief Maila, als sie die Kiste sah. Damit hatte sie nicht gerechnet! Vor lauter Rührung wurden ihre Augen feucht.

»Aufmachen, aufmachen!«, rief der Chor ihrer Mitschüler. Zarah, die Klassensprecherin, forderte: »Aber ohne Hände!«

Maila grinste verlegen. Sie verbarg ihre Hände auf dem Rücken und versuchte, per Gedankenkraft das Geschenkpapier zu lösen. Sie konzentrierte sich. Da – ein Knall, und tausend bunte Schnipsel flogen durch die Luft. Eine rote Holzkiste kam zum Vorschein. Maila öffnete mit einem kleinen Zauber das Schloss – und der Deckel klappte hoch. Darin befand sich eine große Schachtel, die ebenfalls in Geschenkpapier verpackt war.

»O nein!«, stieß Maila aus, die ahnte, was kommen würde. Die anderen lachten.

Immer noch mit den Händen auf dem Rücken musste Maila weiter auspacken, Schachtel um Schachtel. Die 13. Schachtel schließlich war nur noch so groß wie ein Brillenetui. Mailas Zauberkraft war fast erschöpft. Erst beim dritten Versuch gelang es ihr, das Geschenkpapier zu lösen. Zum Glück durfte sie die Schachtel dann mit der Hand aufklappen.

Auf einem Bett aus dunkelblauem Samt lag eine wunderschöne silberne Kette. Der Anhänger bestand aus einer geheimnisvollen Glasmurmel, die von zwei silbernen Händen gehalten wurde. Maila wusste, dass es sich um ein »Vergiss-mein-nicht« handelte. Im Innern der Glasmurmel waren wie in einem Fotoalbum die Bilder ihrer Mitschüler gespeichert. Es reichte, an jemanden zu denken, dann erschien das Porträt der Person in der kleinen Kugel und schenkte ihr ein Lächeln oder zwinkerte ihr zu. Ophelias Bild war auch dabei, denn sie hatte sich an dem Abschiedsgeschenk beteiligt, obwohl sie nicht in Mailas Klasse ging.

»Jeder von uns hat auch ein bisschen magische Energie gestiftet«, erklärte Ninive, die über das ganze Gesicht strahlte, weil Maila sich so freute. »Bei einem absoluten Notfall kannst du also auch die gespeicherte Zauberkraft benutzen und damit dein Leben retten.« Schnell fügte sie hinzu: »Wir hoffen natürlich alle, dass es nie zu so einem Notfall kommen wird.«

»Ich weiß gar nicht, wie ich euch danken soll«, sagte Maila, die immer noch ganz gerührt war.

Ninive trat auf sie zu und legte ihr die Kette feierlich um den Hals. »Damit du uns nicht vergisst!«

Die anderen klatschten Beifall.

»Das war eine schöne Party«, meinte Ophelia ein paar Stunden später. Sie und Ninive durften bei Maila übernachten. Die drei Mädchen lagen eng aneinandergekuschelt in Mailas Bett. Mailas Mutter hatte zwar zwei Gästematratzen in Mailas Zimmer geschleppt, doch diese blieben unbenutzt.

»Wenn Fräulein Bockfett ahnen würde, dass du in die Menschenwelt reist und nicht zu diesem Elite-Internat!«, murmelte Ninive.

»Dann wäre sie noch biestiger zu mir.« Maila seufzte. Nur wenige Stunden lagen zwischen ihr und der Abreise. An Schlaf war nicht zu denken. Die nächste Nacht würde sie schon bei Tante Juna verbringen …

»Ich würde ja sooo gern mitkommen«, sagte Ninive. »Du hast nicht zufällig noch ein bisschen Platz für mich in deinem Koffer?«

Maila drückte ihre Hand. »Ich würde dich auch sooo gern mitnehmen, das kannst du mir glauben!«

»Und was ist mit mir?«, fragte Ophelia eifersüchtig.

»Dich würde ich auch sooo gern mitnehmen«, erwiderte Maila.

Dann mussten alle drei Mädchen lachen.

»Auf alle Fälle kommst du wieder«, sagte Ninive. »Und das ist die Hauptsache.«

Per Fass in die Menschenwelt

Am nächsten Morgen fühlte sich Maila wie zerschlagen. Es kam ihr so vor, als hätte sie eben erst die Augen zugemacht. Ninive und Ophelia hatten gegen Morgen doch ihre Matratzen aufgesucht, weil wegen der Enge keine von ihnen schlafen konnte.

Nach einem leckeren Frühstück, das nur Opa Orpheus richtig genoss, wurde es ernst. Maila umarmte ihre Eltern, ihren Bruder, ihre Großeltern und zuletzt ihre beiden Freundinnen.

Dann ging die Gruppe hinaus in den Garten. Die Partyzelte hatten sich inzwischen aufgelöst, nur eine der Lichterketten lag noch verloren im Gras.

Was für ein trauriger Anblick, dachte Maila.

Damian hatte inzwischen ein großes, leeres Regenfass herbeigerollt und stellte es auf. Dann versenkte er Mailas Koffer im Innern.

»So reist du?« Ophelia schlug schockiert die Hände vor den Mund. »Ich dachte, du wirst von einer Kutsche abgeholt oder von einem Heißluftballon …«

»Das ist die billigste und sicherste Methode«, behauptete Mailas Vater. »Keine Sorge, Ophelia, es sieht schlimmer aus, als es ist.« Er half Maila, in das Fass zu klettern. Maila lächelte allen noch einmal zu. Tränen glitzerten in ihren Augen.

»Halt!«, rief Oma Luna, als Damian das Fass mit einem Deckel schließen wollte. »Du hast etwas vergessen!« Sie rannte ins Haus zurück und kam kurz darauf mit der Kuckucksuhr wieder heraus. »Du wolltest doch Wilbur mitnehmen!«

Maila nahm dankbar die Kuckucksuhr in Empfang. Mit Wilbur würde sie sich in der Menschenwelt nicht ganz so einsam fühlen.

»Und schreib uns sofort, wenn du angekommen bist!«, rief ihre Mutter. Dann zog sie ein Taschentuch aus ihrer Hosentasche und schnäuzte sich heftig.

Alle winkten ihr ein letztes Mal zu. Dann wurde es dunkel, denn Mailas Vater hatte das Fass geschlossen und klebte den Deckel mit extrastarkem Klebeband fest.

Noch nie zuvor war Maila in einem Fass gereist. Ihr Vater hatte ihr versichert, dass sie unterwegs genügend Luft haben würde, denn er hatte Löcher in das Regenfass gebohrt. Mailas Mutter hatte das Fass mit weichen Kissen ausgepolstert, um die Reise so angenehm wie möglich zu machen.

Die Eltern und Großeltern würden einen Zauberspruch sprechen, um die Regentonne in die Menschenwelt zu befördern. Maila sollte zur gleichen Zeit so kräftig wie möglich mit den Ohren wackeln, damit das Fass gehörig Fahrt aufnahm und die Reise nicht zu lange dauerte. Jetzt wünschte sich Maila, sie hätten das Ganze einmal auf einer kürzeren Strecke geübt. Aber nun war es zu spät …

Die Regentonne dämpfte die Geräusche von draußen. Trotzdem hörte Maila, wie ihre Eltern und Großeltern im Chor murmelten:

»Über Stock und über Stein
geht deine Reise
nach Hexenweise,
bald ist das Ziel dein!«

Maila spürte, wie das Fass kippte und zu rollen anfing. Gut, dass sie kaum etwas gefrühstückt hatte. Ihr Magen hob und senkte sich, wie es ihr einmal passiert war, als sie mit der Klasse einen Ausflug auf einem Segelschiff gemacht hatten. Hoffentlich musste sie sich nicht noch übergeben, das wäre ganz schrecklich!

Wilbur in der Kuckucksuhr zeterte vor Angst oder Wut. Aber Maila war nicht in der Lage, ihn zu trösten. Es fiel ihr schwer, sich aufs Ohrenwackeln zu konzentrieren. Sie schaffte es nur mit äußerster Anstrengung. Gleich darauf wurde die Fahrt ruhiger. Maila hatte jetzt den Eindruck, auf einem Fluss dahinzutreiben, obwohl sie kein Wasser plätschern hörte und es im Fass auch völlig trocken blieb. Sie versuchte, eine bequemere Lage zu finden und ihre Glieder zu entspannen. Doch es war fast unmöglich, entspannt dazusitzen und gleichzeitig mit den Ohren zu wackeln. Entweder entspannte sie sich, *oder* sie wackelte mit den Ohren – beides zugleich klappte nicht.

Nach einer Weile ging Maila jedes Zeitgefühl verloren. Sie hatte keine Ahnung, wie lange sie schon in dem Fass saß. Vom vielen Ohrenwackeln bekam sie allmählich Kopfweh. Wilbur war inzwischen ganz still geworden. Ob er wohl schlief?

Mit einem Mal kam das Fass mit einem Ruck zum Stehen. Maila prallte unsanft mit dem Hinterkopf gegen die Wand.

»Versalzte Knoblauchsuppe!«, fluchte sie laut. »Auch das noch!«

»Ist da jemand drin?«, fragte eine fremde Stimme. Dann hörte Maila, wie das Klebeband abgezogen wurde. Kurz darauf wurde der Deckel weggenommen, und helles Sonnenlicht blendete Maila. Sie beschirmte ihre Augen und sah über sich einen Mann in einem weißen Overall. Auf dem Kopf trug er einen großen weißen Hut mit einem Schleier.

Oje, hoffentlich hatte Mailas Familie sie nicht aus Versehen auf den Mond geschickt!

»Was in aller Welt machst du denn in dem Fass?«, fragte der Fremde.

»Onkel Justus?« Maila versuchte, auf die Beine zu kommen. Doch sie hatte so lange in verkrampfter Stellung verharrt, dass ihre Knie einknickten.

Der Fremde streckte seine behandschuhte Hand aus, zog sie hoch und half ihr über den Rand der Regentonne.

»Ich bin der Nachbar«, sagte er. »Ferdinand Hagedorn. Entschuldige bitte meinen Aufzug, aber ich bin gerade dabei, mein Bienenvolk wieder einzufangen.«

Maila starrte den Mann an, der jetzt den Schleier hochklappte. Ein freundliches, rotwangiges Gesicht kam zum Vorschein.

»Wie heißt du?«, fragte der Mann.

»Maila Espenlaub.«

»Und warum hast du in dem Fass gesteckt?«

Jetzt war guter Rat teuer. Maila hatte damit gerechnet, in Tante Junas Wohnzimmer zu landen oder zumindest in ihrem Keller. Stattdessen war sie offenbar im Garten des Nachbarn angekommen.

»Es … war ein dummer Streich«, stotterte sie.

»Oh, ich kann mir schon denken, dass das wieder diese Halbstarken waren, die spätabends immer mit ihren stinkenden Mofas herumkurven. Nichts als dummes Zeug im Kopf. Schwänzen die Schule und ärgern die Mädchen. War dieser lange Konstantin auch dabei?«

»Kann sein ... weiß nicht«, murmelte Maila.

»Dem werde ich die Ohren lang ziehen, wenn ich ihn das nächste Mal sehe«, meinte Ferdinand Hagedorn. »Oder besser, ich rede mit seinem Vater. Den sehe ich nächste Woche bei der Stadtratssitzung.«

Maila lächelte schwach. »Kann ich jetzt gehen?«

»Warte, ich helfe dir, das Fass in euren Garten zurückzutragen«, sagte Herr Hagedorn und hob das Fass an. »Oh, das ist aber schwer! Da sind ja auch noch ein Koffer und Kissen drin. Und eine Kuckucksuhr. Die Lümmel haben wohl ganze Arbeit geleistet, scheint mir.«

Maila nickte nur und ging neben ihm her, während er das Fass schräg hielt und den Gartenweg entlangrollte.

»Bist du bei Justus zu Besuch?«, wollte er wissen.

»Ja. Juna Käferkorn ist meine Tante.«

»Komisch, ich habe dich noch nie gesehen.«

»Ich bin ja ... auch noch nicht lang hier.«

»Und dann wirst du gleich das Opfer eines solchen Streichs, du Ärmste!« Herr Hagedorn schüttelte voller Entrüstung den Kopf.

Sie betraten nun den Nachbargarten. Links und rechts

des schmalen Wegs wuchsen blühende Sträucher und eine Unzahl von Blumen. Schmetterlinge hingen an den Blüten, und die Luft war von einem süßen Duft erfüllt. Vor Maila erhob sich ein altes, verwinkeltes Haus mit mehreren Erkern und zwei Türmchen. Es sah aus wie ein Schloss in Miniatur und gefiel ihr auf den ersten Blick. Viel schöner als der Bungalow des Nachbarn!

Ferdinand Hagedorn stellte keuchend das Fass neben der Haustür ab, hob den Koffer heraus und übergab ihn Maila. Dann drückte er auf den Klingelknopf.

Fast sofort sprang die Haustür auf, und Tante Juna erschien. Seit Maila sie zum letzten Mal gesehen hatte, hatte sie sich nicht verändert. Nur der Kugelbauch war neu. Aber sonst stimmte noch alles: das freundliche Gesicht mit den blitzenden grünen Augen, die rote Lockenmähne und das strahlende Lächeln.

»Hallo, Juna«, sagte Ferdinand. »Ich bringe dir deine Nichte. Die Jungs haben ihr übel mitgespielt, aber ich werde dafür sorgen, dass so etwas nicht mehr passiert. Dein Mann sollte in seiner Schule auch einmal ein Machtwort sprechen!«

Junas Augen wanderte von Maila zu Ferdinand und wieder zurück. Dann öffnete sie die Arme. »Wie schön, dass du da bist, Maila!«

Maila stürzte auf sie zu und ließ sich von ihr umarmen. Dabei drückte sie wohl den Babybauch ein wenig zu fest, denn sofort erhielt sie einen wütenden Stoß von einem winzig kleinen, aber überaus kräftigen Babyfuß.

»Ui!«, sagte Maila überrascht.

»Ui!«, wiederholte Tante Juna. »Das Kleine ist schon ganz schön stark, das wundert mich auch Tag für Tag aufs Neue. Komm rein!«

Sie griff nach Mailas Koffer und zog ihn ins Hausinnere.

»Einen Moment!«, rief Ferdinand und holte die Kuckucksuhr aus dem Fass. »Gehört die Uhr euch?«

Maila drehte sich nach ihm um und sah voller Schrecken, dass die Tür der Kuckucksuhr aufsprang und Wilbur herausschoss. Schimpfend flog der Vogel auf ihre Schulter und versteckte sich in ihrer Lockenmähne. Ferdinand Hagedorn stand sprachlos da, sein Mund so offen wie die Tür der Uhr.

»Wie ... was ... warum ...«

»Das ist ein mexikanischer Kaktuskuckuck und ein ganz zahmes Exemplar«, haspelte Maila. »Er ist ein Höhlenbrüter und hat sich ausgerechnet diese Uhr ausgesucht, um darin sein Nest zu bauen.«

Sie nahm dem Nachbarn die Kuckucksuhr aus den Händen. »Vielen Dank für alles! Sie haben mich gerettet!« Sie schenkte ihm ein breites Lächeln, dann machte sie ihm rasch die Tür vor der Nase zu, bevor noch mehr Pannen passierten.

Als sie sich umdrehte, hatte Tante Juna die Arme verschränkt und blickte sie streng an. Das Lächeln war aus ihrem Gesicht verschwunden.

»Bist du verrückt geworden, Maila? Wie kannst du nur so unvorsichtig sein und im Nachbargarten ankommen? Um ein Haar wäre das schiefgegangen, und dann hätten wir den Schlamassel!«

Es fühlte sich an, als würde sich ein schwerer Stein auf Mailas Brust legen.

»Mein Mann darf keinen Verdacht schöpfen«, fuhr Tante Juna fort. »Nicht auszudenken, wenn meine Tarnung auffliegt. Oder deine.«

»Ich kann nichts dafür«, verteidigte sich Maila. »Ich habe keinerlei Erfahrung, was Reisen in einem Fass angeht.«

»Gut, dann lag es eben an deiner Mutter«, meinte Juna und seufzte tief. »Sie besitzt keine besondere Zielgenauigkeit, wenn sie zaubert.«

Maila sparte sich die Erklärung, dass sie von vier Personen losgeschickt worden war. Die Freude auf Tante Juna, die sie noch vor Kurzem gespürt hatte, war zu einem winzigen Klecks zusammengeschrumpft, kaum größer als ein Eisbällchen. Am liebsten hätte sie auf der Stelle die Rückreise angetreten. Aber da war noch die Sache mit den Maglings …

»Komm, ich zeige dir, wo du schlafen kannst«, sagte

Tante Juna und ging zu einer Treppe. Die hölzernen Stufen knarrten, als Maila ihr in den ersten Stock folgte und dabei mühsam ihren Koffer schleppte. Die Kuckucksuhr hatte sie unter den Arm geklemmt. Wilbur hatte in ihren Haaren Schutz gesucht und gab keinen Mucks von sich.

Ein heller Gang lag vor ihnen. Tante Juna öffnete eine Tür.

»Hier ist es. Das Badezimmer befindet sich am Ende des Ganges, falls du dich etwas frisch machen möchtest.«

Maila traute ihren Augen kaum, als sie eintrat. Das Zimmer, in dem sie sich befand, war das zukünftige Babyzimmer. Wiege und Wickeltisch standen bereit, und an den Wänden tummelten sich lustige gemalte Zwerge. Neben einem roten Sofa, auf das Juna Bettwäsche gelegt hatte, befand sich ein Tischchen mit einer Fliegenpilzlampe. Maila drehte sich im Kreis und entdeckte einen schmalen Schrank, der ebenfalls mit Märchenmotiven dekoriert war.

»Gefällt es dir?«, fragte Tante Juna stolz. »Ich dachte, du freust dich, wenn du hier schlafen kannst. Natürlich nur, bis das Baby da ist. Justus wird dir noch einen Schreibtisch aufstellen, damit du deine Hausaufgaben machen kannst.«

»Es … es ist entzückend«, log Maila und zog die Vorhänge, die mit Marienkäfern bedruckt waren, ein Stück zur Seite. Vom Fenster aus konnte sie in den Garten des

Nachbarn sehen. Ferdinand Hagedorn stand vor einem Baum und starrte nach oben. Wahrscheinlich suchte er noch immer sein ausgebüxtes Bienenvolk.

»Wir hätten auch ein anderes Zimmer für dich herrichten können, aber Justus und ich haben so viele Sachen, und wir müssen erst entrümpeln«, erklärte Tante Juna. »Außerdem kommt ab und zu seine Tochter aus erster Ehe zu Besuch, und sie besteht auf zwei Zimmern und einem eigenen kleinen Bad. Fiona wird fuchsteufelswild, wenn ein Fremder in ihrem Bett schläft. Sie ist 15.« Tante Juna stöhnte ein bisschen und fügte hinzu: »Ein schlimmes Alter.«

»Es ist schon in Ordnung«, murmelte Maila. »Ich brauche nicht viel Platz. Und vielleicht kann ich euch ja beim Entrümpeln helfen.«

Tante Juna sah erleichtert aus. »Na, dann pack mal deine Sachen aus. Wenn du damit fertig bist, kannst du runterkommen in die Küche. Es gibt Grünkernbratlinge mit Couscous.«

Maila nickte. Nachdem Tante Juna von außen die Tür geschlossen hatte, ließ sich Maila auf das Sofa fallen. Die Zwerge an der Wand schienen sich über sie lustig zu machen. Es zuckte in Mailas Finger. Nur ein kleiner Zauberspruch, und die Wandmalerei würde sich – zumindest für ein paar Stunden – in eine hübsche Tapete verwandeln … Aber was, wenn Onkel Justus in ihr Zimmer platzte? Wer weiß, vielleicht waren die Zwerge sogar sein Werk? Oder hatte sie am Ende diese Fiona gemalt, um ihrem kleinen Halbbruder oder ihrer kleinen Halbschwester gleich ein paar Albträume zu bescheren?

Maila stöhnte so laut wie zuvor ihre Tante. Dann stand sie auf und begann, ihre Sachen in den Schrank zu räumen. Es half ja alles nichts. Sie musste sich mit der Situation abfinden. Wütend streckte sie den Zwergen die Zunge heraus.

Wilbur hatte sich inzwischen aus Mailas Haaren gelöst und war auf die Wiege geflattert.

»Komm da lieber runter«, sagte Maila. »Ich glaube nicht, dass Tante Juna das gefällt.«

Sie nahm die Kuckucksuhr und stellte sie auf den Schrank. Wilbur zog sich erleichtert in sein Haus zurück, um sich von dem ganzen Schrecken und der Reise zu erholen.

Bevor Maila nach unten in die Küche ging, suchte sie das Badezimmer auf. Dort gab es zum Glück keine Zwerge. Im Gegenteil, es war hell und geschmackvoll gestaltet. Auf dem Fensterbrett stand eine exotische Grünpflanze. Maila stutzte, als sie den Stab sah, mit dem die Pflanze gestützt wurde. Sie hatte zu Hause einmal eine Abbildung davon in einem Katalog gesehen. Es war ein mächtiger und sehr teurer Zauberstab, der nur an Kunden mit nachgewiesener Qualifikation verkauft werden durfte. Warum besaß Tante Juna einen solchen Zauberstab, und warum fristete er sein Dasein in einem Blumentopf?

Gab es vielleicht Geheimnisse in diesem Haus, von denen niemand etwas wissen durfte?

Zaubern streng verboten!

Als Maila auf der Treppe nach unten ging, hörte sie, wie die Haustür aufgeschlossen wurde. Ein zwei Meter großer und unglaublich dicker Mann betrat den Gang und kam direkt auf sie zu. Er hatte ein rotes Gesicht und einen borstigen Schnurrbart, der genauso grau war wie die buschigen Augenbrauen. Der graue Haarkranz kam erst zum Vorschein, als er seinen Hut abnahm und auf der Garderobe ablegte. Ein Auge war grün, das andere blau, und beide lachten nicht mit, als er freundlich lächelnd auf Maila zutrat.

»Du musst Maila sein! Herzlich willkommen!« Er schüttelte ihr die Hand und zerquetschte ihr beinahe die Finger.

»Hallo, Onkel Justus«, sagte Maila mit Piepsstimme, eingeschüchtert von der riesigen Gestalt.

»Hattest du eine gute Reise?«

»Danke, sie war in Ordnung.«

Onkel Justus streifte seine Schuhe ab. Bevor er in seine

Pantoffeln schlüpfte, bemerkte Maila, dass er zwei große Löcher in den Socken hatte.

Dann schlurfte er in die Küche und begrüßte Tante Juna mit einem Schmatzkuss auf den Mund.

»Hallo, mein Liebling, hast du etwas Schönes für mich gekocht?«

»Aber natürlich, meine Zuckerschnute«, flötete Tante Juna und schmiegte sich an ihn.

»Hoffentlich nicht wieder so einen Grünkernmist«, grunzte Onkel Justus, der die Pfanne auf dem Herd entdeckt hatte.

»Ich weiß ja, dass du das nicht magst«, säuselte Tante Juna. »Die Grünkernbratlinge mit Couscous sind für Maila und mich. Du bekommst deinen Braten – wie immer.« Sie löste sich von ihm und öffnete die Backofentür, aus der eine Qualmwolke emporstieg.

Onkel Justus schnalzte zufrieden mit der Zunge, als sich der Geruch nach Schweinebraten in der Küche ausbreitete.

Wenig später saßen sie am Tisch. Während Maila kleine Stücke von ihren Grünkernbratlingen abschnitt und kaute, vertilgte Onkel Justus ein Bratenstück, das so groß war wie ihr Arm. Dazu stopfte er noch sieben Knödel in seinen Mund, dann rieb er sich zufrieden den Bauch.

»Gibt's noch Nachtisch?«, fragte er dann.

»Schokoladenpudding«, antwortete Tante Juna lächelnd. Sie hatte auch nur ein bisschen in ihrem Couscous gestochert.

Maila musste ihre Finger im Zaum halten. Zu gern hätte sie gehext, um den Bratlingen mehr Geschmack zu verleihen. Ihre Mutter und ihre Oma waren entschieden bessere Köchinnen als Tante Juna. Aber Onkel Justus schien an seinem Braten nichts auszusetzen zu haben.

Auch der Pudding schmeckte ihm, obwohl er zäh war wie Tapetenkleister. In Windeseile hatte er seine Schüssel ausgelöffelt und zog sich dann ins Wohnzimmer auf die Couch zurück, um ein Nickerchen zu halten. Während sein Schnarchen das Haus erfüllte, half Maila ihrer Tante, den Tisch abzudecken und das Geschirr in die Spülmaschine zu räumen.

»Ich weiß, dass ich keine gute Köchin bin«, sagte Tante Juna, als hätte sie Mailas Gedanken gelesen. »Es liegt mir einfach nicht. Und seit ich schwanger bin, scheint mich mein Geschmackssinn auch noch im Stich zu lassen. Ich hoffe, dass sich das nach der Geburt wieder gibt.«

»Warum hilfst du nicht ein bisschen … mit deiner speziellen Kraft nach?«, rutschte es Maila heraus.

»Ich habe auch schon daran gedacht«, gestand Tante Juna. »Aber ich widerstehe der Versuchung. Denn sobald ich wieder mit dem Zaubern anfange, erleichtere ich mir damit bestimmt die meisten Arbeiten. Und dann ist es nur eine Frage der Zeit, bis mir Justus auf die Schliche kommt.«

Bevor Maila etwas antworten konnte, ergriff Tante Juna ihre Handgelenke. »Und du wirst das Zaubern auch lassen«, sagte sie eindringlich. »Keine heimlichen Hexereien, verstanden?«

Maila nickte nur, während sie sich wünschte, die Finger auf dem Rücken zu verschränken. Doch das ging nicht, weil die Tante ihre Hände festhielt. Endlich ließ Tante Juna Maila los.

»Komm mit, ich zeige dir etwas.«

Sie ging voraus zu Mailas Zimmer. Am Türrahmen war eine Art Fotorahmen angebracht, aber es steckte kein Bild darin. Die Fläche im Innern war weiß und leer.

»Das ist ein Hexometer«, erklärte sie. »Er zeigt an, wenn in diesem Zimmer gehext wird. Jede Hexerei erzeugt einen kleinen schwarzen Fleck, der sich nicht mehr wegwischen lässt. Also keine Tricks! Ich merke, wenn du das Verbot übertrittst!«

Mailas Mut sank. In diesem Augenblick hatte sie das Gefühl, in einer Art Gefängnis gelandet zu sein. Erst dieses schreckliche Zimmer und dann noch das strenge Hexenverbot!

»Und wie soll ich dann die Maglings finden?«, fragte sie mit schwacher Stimme.

»Die finden wir gemeinsam«, antwortete Tante Juna.

»Es ist sowieso eine Schnapsidee, ein junges Mädchen wie dich mit der Jagd nach den Maglings zu beauftragen!« Sie hielt kurz inne und gähnte. »Jetzt kannst du dich ein wenig ausruhen. Ich werde auch ein Mittagsschläfchen halten.«

Damit schloss sie die Tür, und Maila blieb allein zurück.

Niedergeschlagen sank sie auf das Sofa. »Ich werde hier vor Langeweile sterben!«, stieß sie aus. Ihr Abenteuer in der Menschenwelt hatte sie sich wirklich anders vorgestellt!

Nachdem sie eine Weile tatenlos dagesessen hatte, holte sie Briefpapier und Schreibzeug aus ihrem Koffer. Sie legte die Mappe auf ihre Knie und begann, einen Brief zu schreiben.

Liebe Mama, lieber Papa, liebe Oma Luna, lieber Opa Orpheus, lieber Robin,

ich bin gut angekommen, obwohl es bei meiner Ankunft eine kleine Panne gegeben hat. Nicht weiter wild!

Schlimmer ist es, dass sich Tante Juna so verändert hat. Sie ist so streng geworden – und sie verbietet mir jegliche Zauberei! Die Maglings darf ich nicht allein suchen … Ich habe schon jetzt furchtbares Heimweh!

Liebe Grüße,

Eure Maila

PS 1: Onkel Justus ist ein Riese – und in meinem Zimmer (das Zimmer für das zukünftige Baby) tummeln sich lauter Zwerge an den Wänden!

PS 2: Im Badezimmer steckt ein wahnsinnig mächtiger Zauberstab in einem Blumentopf, um eine Pflanze zu stützen. Ich finde das sehr seltsam!

Maila ging ins Badezimmer, rollte das letzte Klopapier von der Rolle, um an die Pappröhre zu kommen, und kehrte damit in ihr Zimmer zurück. Sie steckte den Brief in die Röhre und umwickelte diese mit einem weiteren Bogen Papier, das sie festklebte und mit der Adresse beschriftete. Jetzt musste Maila nur noch ein Wiesel herbeirufen. Aber das ging nur mit einer kleinen Hexerei.

Sie zeichnete mit ihrem Zeigefinger einen fünfzackigen Stern in die Luft und murmelte:

»Wiesel, Wiesel,
flink wie ein Ziesel,
komm bitte, bitte schnell heran,
weil mein Brief nicht warten kann!«

Es gab einen kleinen Lichtblitz und einen leisen Knall, als würde eine Kaugummiblase platzen. Zack – der Ruf nach einem Postwiesel war abgeschickt. Ob der Hexometer die Zauberei tatsächlich aufgezeichnet hatte?

Maila stand auf und ging zur Tür.

»Verhext noch mal!« In der Mitte des Hexometers prangte ein schwarzer Fleck. So groß wie ein Fliegenklecks, aber deutlich sichtbar.

»Darf ich nicht mal mehr Briefe schreiben?«, fauchte Maila verärgert. »Das wird ja immer besser! Ich will nach Hause!« Sie stampfte zornig mit dem Fuß auf.

Ob sie den schwarzen Fleck einfach mit einem schwarzen Stift übermalen sollte? Maila nahm den Hexometer von der Wand. Sie trug ihn zum Sofa und versuchte, mit ihren Stiften ein Gesicht auf die Fläche zu zeichnen. Doch wie Tante Juna vorausgesagt hatte, ließ sich der Fleck nicht überdecken. Selbst Mailas Spezialstift, der sonst auf jedem Untergrund haftete, versagte. Niedergeschlagen hängte Maila den Hexometer wieder auf. Das war alles so ungerecht! Eigentlich war es ja gar kein richtiger Zauber gewesen!

Sie hatte immer noch schlechte Lane, als es eine halbe Stunde später an der Hausmauer kratzte und ein Wiesel auf der Fensterbank erschien. Sobald Maila das Fenster geöffnet hatte, sprang das Tier herein und hüpfte mit einem großen Satz auf das Sofa. Erwartungsvoll sah es Maila an.

»Liebes Wiesel«, sagte Maila, »kannst du diesen Brief bitte zu meinen Eltern bringen? Leider habe ich keine Belohnung für dich, aber Mama und Papa geben dir bestimmt etwas!«

Das Wiesel schnappte die Papprolle und flitzte so schnell zum Fenster, dass Maila ihm kaum nachschauen konnte. Im Nu war das Tier verschwunden.

Nachdem es fort war, fühlte sich Maila noch einsamer als zuvor. Außerdem langweilte sie sich. Sie ging zur Tür und vergewisserte sich, dass der Fleck auf dem Hexometer immer noch da war. Dann verließ sie ihr Zimmer, um sich ein wenig im Haus umzusehen, solange Tante Juna und Onkel Justus noch schliefen.

Sie begann mit den Räumen auf der anderen Seite des Flurs. Die erste Tür ließ sich kaum öffnen. Maila befürchtete schon, sie sei abgeschlossen, doch zum Glück klemmte die Tür nur und gab nach, als sich Maila dagegenstemmte.

Das Zimmer war von oben bis unten mit Gerümpel vollgestopft. Offenbar waren es Dinge, die Tante Juna von ihren vielen Reisen mitgebracht hatte. Mailas Mutter behauptete, Juna habe schon fast alle Gegenden der Welt bereist – nicht wegen der Jagd nach Zaubergegenständen, sondern auch aus Neugier auf fremde Länder und Kulturen.

Es war so dämmrig in dem Zimmer, dass Maila nach dem Lichtschalter tastete. Vergeblich. Entweder funktionierte der Schalter nicht, oder die Lampe war kaputt. Maila zögerte kurz, dann schnippte sie mit den Fingern. Sofort schwebte eine mit Licht gefüllte Seifenblase durch den Raum und erhellte ihn.

Maila erkannte ein altes Tigerfell, an dem schon die Motten geknabbert hatten, gruselige Holzmasken, vor denen sich selbst Oma Luna fürchten würde, eine Art Marterpfahl mit bunten Schnitzereien, einen rostigen Papageienkäfig, ein Sofa mit Beinen, die aussahen wie Entenfüße, und ein hölzernes Wagenrad, das mindestens zwei Meter Durchmesser hatte.

»Hm«, murmelte Maila. »Und für dieses Zeug ist Tante Juna um die ganze Welt gereist?« Von all dem langweiligen Kram ließ sich höchstens das Sofa gebrauchen. Maila schnippte wieder mit den Fingern, und das magische Licht erlosch. Sie schloss die Tür und nahm sich den nächsten Raum vor.

Dort war es hell und aufgeräumt. Zu aufgeräumt. Ein riesiger Schreibtisch stand vor dem Fenster. An den Wänden hingen Regale, in denen sich unzählige Bücher befanden – alle ordentlich aufgereiht und penibel sortiert nach den Anfangsbuchstaben der Autorennamen. Auch auf dem Schreibtisch herrschte eiserne Ordnung, die beiden Stapel mit Schulheften waren exakt übereinandergeschichtet. Kein einziges Heft tanzte aus der Reihe. Daneben lagen mindestens zwanzig Rotstifte, sortiert von Rosarot bis zu einem leuchtend dunkelroten Stift. Dem Schreibtischstuhl mit Überbreite nach zu urteilen, handelte es sich um das Arbeitszimmer von Onkel Justus. Maila verdrehte die Augen und schloss leise die Tür.

Das nächste Zimmer gehörte sicher wieder Tante Juna, so chaotisch, wie es war. Anscheinend nähte und bügelte sie in diesem Raum, der gleichzeitig als Atelier diente, denn es standen zwei Staffeleien mit angefangenen Gemälden darin. Pinsel und Farbtuben lagen kreuz und quer auf dem Boden, zwischen Buntstiften und Bleistiftspitzern.

Alle weiteren Zimmer der Etage waren abgeschlossen, und so stieg Maila die Treppe in den zweiten Stock hinauf. Zwei Zimmer waren total zugestellt mit Gerümpel und sahen genauso schlimm aus wie der Raum mit dem Tigerfell. Das nächste Zimmer war komplett leer und dermaßen sauber, dass man vom Fußboden hätte essen können. Das vorletzte Zimmer war wieder abgeschlossen, und im letzten befand sich ein Gästeklo. Maila war enttäuscht. Sie hatte sich alles irgendwie anders vorgestellt. Schon jetzt saß das Heimweh in ihrem Bauch wie ein großer Klumpen zäher Haferbrei. Tante Juna war eine Chaotin und Onkel Justus ein Langweiler. Wie sollte Maila es nur bei ihnen aushalten – noch dazu ohne Hexerei?

Maila überlegte, ob sie sich den Dachboden vornehmen sollte, aber eigentlich hatte sie für diesen Tag genug gesehen. Sie kehrte in ihr Zimmer zurück. Erschrocken stellte sie fest, dass sich auf dem Hexometer ein weiterer dunkler Fleck befand. Das war sicher wegen der Leuchtkugel geschehen! Maila ärgerte sich so sehr, dass sie das Fenster öffnete und den Hexometer hinaus in den Garten feuerte.

Danach ließ sie sich auf das Sofa plumpsen. »Das halte ich nicht aus!«, stöhnte sie. »Ich will nach Hause!«

Zwei Minuten später stand Tante Juna in der Tür und hielt vorwurfsvoll den Hexometer hoch.

»Maila, was soll das denn? Hatten wir nicht eine Abmachung?«

Maila blieb die Antwort erspart, denn in diesem Moment ertönte ein lautes Schnaufen und Ächzen, so als hätte sich eine Horde Wildschweine im Gang versammelt. Es war aber nur Onkel Justus, der einen kleinen Schreibtisch für Maila anschleppte.

»Hier, meine Liebe«, grunzte er. »Damit du dann auch deine Hausaufgaben machen kannst!«

Der Schreibtisch war winzig, trotzdem blieb Onkel Justus damit in der Tür stecken. Er drehte sich keuchend nach links – es gab eine tiefe Schramme im linken Türrahmen. Dann versuchte er es andersherum, und nun hatte auch der rechte Türrahmen eine Schramme. Maila widerstand der Versuchung, Justus für ein paar Minuten in einen muskelbepackten Superhelden zu verwandeln, um dem jämmerlichen Schauspiel ein Ende zu bereiten. Endlich gelang es Onkel Justus, den Schreibtisch ins Zimmer zu tragen, indem er rückwärtsging.

»Geschafft! Uff!« Onkel Justus wischte sich die Schweißperlen ab. Sie sprudelten von seiner Stirn, als seien es Bläschen im Mineralwasser. »Ich hoffe, du kannst an diesem Tisch gut lernen. Juna hat ihn aus Timbuktu mitgebracht. Er besteht angeblich aus Akazienholz.«

»Danke«, murmelte Maila. Es war ein hübscher Tisch mit geschwungenen Beinen und geheimnisvollen Zeichen in der Tischplatte. Seltsamerweise hatte er bei den Zusammenstößen mit dem Türrahmen keinen einzigen Kratzer abbekommen.

Tante Juna lächelte schwach und hängte den Hexometer wieder an den Nagel, ohne ein weiteres Wort darüber zu verlieren.

»Du kannst dann runterkommen«, sagte Onkel Justus. »Es gibt Kakao und Kuchen. Der Kuchen ist übrigens frisch gekauft – und nicht von Juna gebacken.«

Maila musste trotz allem grinsen. Vielleicht war Onkel Justus doch nicht so übel!

Suchzauber um Mitternacht

Maila lag in ihrem Bett und konnte nicht schlafen, obwohl sie todmüde war. Alles war so neu und fremd! Sie hätte ihre halbe Zauberkraft dafür gegeben, wieder in die Hexenwelt zurückkehren zu können. Aber das ging leider nicht – jedenfalls nicht, bevor sie die verschwundenen Maglings gefunden und zurückgebracht hatte.

Sie seufzte tief und drehte sich auf die andere Seite. Das Schlafsofa war viel weicher als ihr Bett zu Hause, und sie musste aufpassen, dass sie nicht versehentlich über die Kante rollte und auf den Boden fiel.

Sie dachte an ihre Eltern, ihre Großeltern und sogar an Rufus, und in ihrem Bauch war wieder so viel Heimweh, dass sie ein bisschen weinen musste. Sie hörte, wie die Kuckucksuhr leise geöffnet wurde und Wilbur flüsterte: »Alles in Ordnung mit dir, Maila?«

»Nein«, wisperte Maila traurig. Und da kam Wilbur

im Dunkeln angeflattert und kuschelte sich zu ihr aufs Kopfkissen. Maila spürte seinen kleinen warmen Leib, der sich an ihre Wange schmiegte. Zärtlich streichelte sie über Wilburs Federn.

»Du bist ein Schatz«, murmelte sie. »Gut, dass wenigstens du bei mir bist.«

»Ich lass dich nicht allein«, piepste Wilbur zurück.

So lagen sie eine Weile da, und Maila wollten gerade die Augen zufallen, als sich Wilbur steif machte.

»Da kommt jemand!«, stieß er aus und flatterte in seine Uhr zurück.

Maila richtete sich auf. Es war nicht ganz dunkel in ihrem Zimmer, denn von draußen fiel das Mondlicht durchs Fenster, und so sah sie, wie die Türklinke langsam heruntergedrückt wurde. Maila hielt den Atem an, während ihr das Herz bis zum Hals schlug. Wer, in aller Welt, kam da mitten in der Nacht in ihr Zimmer?

»Maila, schläfst du?«, fragte eine leise Stimme.

Maila atmete aus. Es war Tante Juna.

»Ich bin noch wach«, antwortete Maila.

»Steh auf und komm mit«, befahl Tante Juna im Flüsterton.

Maila schwang ihre Beine über die Sofakante und schlüpfte in ihre Hausschuhe. Tante Juna wartete vor ihrem Zimmer. Sie trug ein langes dunkelblaues Nachthemd, auf dem goldene Sterne und Halbmonde funkelten.

»Sei leise!« Tante Juna legte warnend ihren Zeigefinger an die Lippen. »Justus darf nicht wach werden.«

Maila nickte. »Wohin gehen wir?«, frage sie wispernd, als sie ihrer Tante die Treppe hinunter folgte.

»In den Garten«, antwortete Tante Juna, die sich auf Zehenspitzen Stufe für Stufe hinabtastete. Anscheinend wusste sie genau, welche Stellen knarrten. Maila versuchte, es ihr nachzumachen. Der Weg nach unten kam ihr endlos vor. Schließlich kamen sie im Erdgeschoss an. Tante Juna huschte durchs Wohnzimmer zur Terrassentür und öffnete diese leise.

»Komm mit!«, wiederholte sie.

Das Mondlicht verzauberte den Garten. Die knorrigen Obstbäume sahen aus wie Gespenster, die ihre Arme ausbreiteten. Die langen Ziergräser mit ihren buschigen Wedeln schienen ihnen zuzuwinken. Maila folgte ihrer Tante bis zu einem alten Schuppen. Tante Juna zog einen großen Schlüssel aus der Tasche ihres Nachthemds und schloss die halb morsche Holztür auf.

Maila fragte sich die ganze Zeit über, warum ihre Tante sie mitten in der Nacht aus dem Bett geholt hatte. Und was sollten sie bei diesem Schuppen? Ein paar bange Sekunden lang befürchtete Maila, die Tante wollte sie dort einschließen. Vielleicht war sie noch sehr sauer wegen des Hexometers?

Tante Juna schaltete das Licht im Schuppen an, das

nur einen schwachen Schein verbreitete, und begann, in dem Gerümpel herumzuwühlen. Denn natürlich war der Schuppen genauso mit alten und unnützen Dingen gefüllt wie schon die Zimmer im Haus. Maila fragte sich, ob alle Menschen das so machten oder ob Tante Juna sich nur nicht von den Sachen trennen konnte.

»Hier irgendwo muss er doch sein«, murmelte Tante Juna und rückte eine alte Waschmaschine zur Seite. »Das weiß ich genau!«

»Was suchst du denn?«, fragte Maila. »Kann ich dir helfen?«

»Es ist hier so verflixt dunkel, ich kann kaum etwas sehen«, schimpfte die Tante.

Maila lächelte. Das ließ sich ohne Probleme ändern. Sie streckte den Arm aus und schnippte mit den Fingern. Sofort erschien eine Leuchtkugel über Tante Junas Kopf und verbreitete einen hellen Schein.

»Danke«, murmelte Tante Juna. »Manchmal vergesse ich ganz, dass ich eine Hexe bin. Ich fürchte, ich bin ein wenig aus der Übung, was das Zaubern betrifft. – Ah, da ist er ja!« Sie zerrte einen großen Kübel aus Zink unter dem Gerümpel hervor. Es krachte und schepperte, weil einige Teile umfielen. Tante Juna hielt erschrocken inne.

»Mach das Licht aus!«, zischte sie.

Maila gehorchte.

Zusammen lauschten sie, aber im Haus blieb es ruhig. Anscheinend hatte Onkel Justus einen festen Schlaf.

»Okay, wir können weitermachen«, sagte Tante Juna. Sie trugen den Kübel aus dem Schuppen und stellten ihn auf den Rasen.

»Und jetzt?«, fragte Maila. Sie hatte keine Ahnung, wozu der Kübel dienen sollte.

»Wir müssen einen Suchzauber bewirken, um die Maglings zu finden«, erklärte Tante Juna. »Dazu werde ich den Kübel mit Erde füllen. Du kannst schon mal vier Weinbergschnecken einsammeln.«

Maila runzelte die Stirn. »Schnecken?« Sie war sechs gewesen, als sie zum letzten Mal Schnecken gesucht hatte, um mit ihnen ein Wettrennen zu veranstalten. Inzwischen fasste sie die schleimigen Viecher nicht mehr freiwillig an.

»Ja, Schnecken«, bestätigte ihre Tante. »Aber solche mit einem Haus. Unter den Rhabarberblättern sitzen sie gern.« Sie holte eine kleine Schaufel aus dem Schuppen und fing an, den Kübel mit Gartenerde zu füllen.

Maila sah sich suchend um. Wo, verflixt noch mal, wuchs der Rhabarber? Sie entdeckte eine Reihe von Salatpflanzen. Daneben nickten Sonnenblumen mit ihren Köpfen. In der Reihe dahinter kletterten Bohnen an einem Gestell empor. Maila schritt den Garten ab, den Blick suchend auf den Boden geheftet. Endlich entdeckte sie eine

Weinbergschnecke, die auf einem Salatblatt saß. Maila pickte sie mit Daumen und Zeigefinger davon ab und setzte sie auf den Weg. Endlich erspähte sie den Rhabarber. Er wuchs in der finstersten Ecke des Gartens, und Maila musste wieder ein magisches Licht entzünden, um überhaupt etwas zu sehen.

»Hast du welche?«, rief Tante Juna ihr leise zu. »Wir müssen uns beeilen!«

»Gleich«, knurrte Maila. Sie konnte schließlich nicht hexen! Oder doch? Vermutlich würde der Suchzauber nicht funktionieren, wenn sie Schnecken aus dem Nichts herbeihexte …

Unter den Rhabarberblättern entdeckte sie schließlich zwei große und eine kleine Weinbergschnecke. Sie hob sie vorsichtig auf und kehrte zum Weg zurück, wo die erste Schnecke gerade dabei war, sich aus dem Staub zu machen.

»Hiergeblieben!«, befahl Maila und bremste den Ausreißer aus. Mit ihren vier Schnecken kehrte sie zu ihrer Tante zurück. Diese hatte inzwischen den Kübel so weit mit Erde gefüllt, dass der Boden ganz bedeckt war.

»Und jetzt?«, fragte Maila gespannt.

Tante Juna klopfte die Erde fest. »Setz die Schnecken rein.«

Maila tat es.

Ihre Tante warf einen prüfenden Blick zum Haus.

Dann bückte sie sich und sprach beschwörend auf die Schnecken ein:

»Schneck-schneck-schneck, ihr Besten,
sucht im Osten, Süden, Westen
und im Norden, klar, dort auch.
Spürt die Hexenkraft im Bauch!
Dieser Zauber wird euch binden!
Helft, die Maglings schnell zu finden!«

Maila beobachtete mit großen Augen, wie die Schneckenhäuser magisch zu glühen begannen, jedes in einer anderen Farbe. Der Zinkkübel sah einfach zauberhaft aus! Doch so schnell, wie das Farbenspiel begonnen hatte, war es auch wieder zu Ende. Als Maila genau hinsah, stellte sie fest, dass die Schnecken verschwunden waren.

»Wo sind sie?«, fragte sie verblüfft.

»Auf der Suche«, antwortete Tante Juna. »Vertrau mir! Morgen werden wir die ersten Maglings aufspüren, ganz bestimmt!«

»Und wie soll das gehen?«, wollte Maila wissen. »Wie funktioniert der Suchzauber?«

»Das erfährst du früh genug«, sagte Tante Juna. »Jetzt erst einmal ab ins Bett! Morgen ist nämlich Schule – auch für dich!«

Natürlich fand Maila jetzt keinen Schlaf. Dafür war sie viel zu aufgekratzt. Sie hatte tausend Fragen. Wie würden Tante Juna und sie erfahren, wo sich die Maglings aufhielten? Waren die Schnecken wirklich in der Lage, die verschwundenen Zaubergegenstände aufzuspüren? Würden die schleimigen Viecher ihnen vielleicht genauso Hinweise zukommen lassen wie die Wiesel der Hexenpost? Aber waren sie dafür nicht viel zu langsam?

Unruhig warf sich Maila hin und her. Sie lag grübelnd wach, bis es draußen hell wurde und die Vögel ihr Morgenkonzert begannen. Sie fürchtete sich ein wenig vor der neuen Schule. Eigentlich hatte sie gehofft, noch ein paar freie Tage zu haben. Aber Onkel Justus war der Schulleiter, und wahrscheinlich hatte er Angst, dass Maila zu viel Stoff versäumen würde, wenn sie jetzt Extra-Ferien bekam.

Als Tante Juna um halb sieben an Mailas Zimmertür klopfte, um sie zu wecken, war Maila längst aufgestanden und angezogen. Sie frühstückten gemeinsam, wobei von Onkel Justus nicht viel zu sehen war, denn er versteckte sich hinter der Tageszeitung und brummte nur ab und zu.

»Aufgeregt?«, fragte Tante Juna.

Maila nickte. Vor lauter Nervosität brachte sie kaum einen Bissen hinunter. Wie würde die neue Schule sein? Würden ihre Klassenkameraden merken, dass sie anders war als ein gewöhnliches Menschenkind?

Mit einem flauen Gefühl im Magen stieg sie in Onkel Justus' großes Auto. Auch davor hatte sie Angst, denn sie hatte noch nie in einem Fahrzeug gesessen, das sich nicht mit Zauberkraft bewegte. Ängstlich beobachtete sie jeden Handgriff ihres Onkels. Doch das große Auto schien ihm zu gehorchen wie ein gut erzogener fliegender Teppich. Es machte keine Mucken und keine Bocksprünge, sondern schnurrte zufrieden die Straße entlang.

Die Landschaft war flacher, als Maila gewohnt war. Sie vermisste die schroffen Berge mit den geheimnisvollen Wäldern und den plätschernden Wasserfällen, die einem manchmal die Zukunft verrieten, wenn man ganz genau hinhörte. Staunend betrachtete Maila die spiegelnden Fensterflächen der Bürohochhäuser, als sie in die Innenstadt fuhren. Auf der linken Seite wurden sie von einer Straßenbahn überholt, und rechts auf dem Gehsteig eilten Männer und Frauen entlang, um rechtzeitig ins Büro zu kommen. Das Leben schien hier viel hektischer zu sein, obwohl sich keine fliegenden Besen und Teppiche den Luftraum streitig machten.

»Gefällt dir unsere gemütliche kleine Stadt?«, fragte Onkel Justus und drückte ungeduldig auf die Hupe, weil die Ampel längst grün war, was der Fahrer des Autos vor ihnen offenbar noch nicht bemerkt hatte.

»Hm«, machte Maila nur. Nirgends war ein Zauberladen zu sehen, nicht einmal ein typisches Gebäude von *MacMagic*! Heimweh breitete sich in ihr aus, und sie kämpfte minutenlang mit den Tränen. Onkel Justus merkte nichts davon. Er bog in eine Seitenstraße ein und hielt schließlich am Straßenrand.

»Aussteigen! Wir sind da!«

Als Maila aus dem Wagen kletterte, sah sie das Schulhaus. Es war ein flaches, zweistöckiges Gebäude aus grauem Beton – viel größer und weitläufiger als der Moorhof, den sie bisher besucht hatte. Mailas Beine fühlten sich plötzlich so weich an wie Schneckenschleim, und ihre Füße schienen auf dem Boden festzukleben.

»Sicher kannst du es kaum erwarten, deine neue Klasse kennenzulernen«, meinte Onkel Justus und legte Maila seine zentnerschwere Pranke auf die Schulter. »Du wirst dich bei uns bestimmt wohlfühlen.«

Als sie den Schulhof überquerten, schienen alle Maila und ihren Onkel anzustarren, Maila nahm nur eine verschwommene Schar von Gestalten wahr. Sie stolperte neben Onkel Justus zum Eingang. Er öffnete die Flügeltür und ließ Maila eintreten.

Der Duft nach Pfingstrosen schlug ihr entgegen.

Pfingstrosen! Ausgerechnet!

Das war der Duft, bei dem sich in Mailas Leben bisher immer Unheil angekündigt hatte!

Der verhexte erste Schultag

Der Flur schien kein Ende zu nehmen. Es kam Maila vor, als würde zwischen dem Eingang und ihrem Klassenzimmer mindestens ein Kilometer liegen. Aber das konnte nicht sein! Oder doch? Sie warf ihrem Onkel einen prüfenden Seitenblick zu. War es möglich, dass er gerade einen üblen Zauber mit ihr durchführte, um sie zu ärgern?

Doch Onkel Justus war ein Mensch – und Menschen besaßen keine magischen Kräfte. Es musste an Maila liegen … und an ihrem Widerwillen gegen die neue Schule. Ach, könnte sie nur zu Hause sein! Nie wieder würde sie sich über die Hausaufgaben beschweren!

Endlich stieß Onkel Justus eine Tür auf. Sofort verstummte der Lärm im Klassenzimmer, und alle Blicke hefteten sich auf die Ankömmlinge.

»Hallo, ihr Jungen und Mädchen«, sagte Onkel Justus und schob Maila vor sich, sodass ihr Rücken gegen seinen dicken Bauch drückte. »Darf ich euch Maila Espenlaub vorstellen? Sie ist ab heute eure neue Mitschülerin. Und übrigens auch meine Nichte. Nicht erst seit heute, sondern schon seit dem Tag, an dem ich ihre Tante geheiratet habe.« Er lachte dröhnend über seinen eigenen Witz. »Nun komm, Maila, such dir einen Platz. In der letzten Reihe ist noch etwas frei. Markus, mach bitte ein bisschen Platz. Ab jetzt hast du den Tisch nicht mehr für dich allein.«

Der Junge, den Onkel Justus angesprochen hatte, bekam einen knallroten Kopf und rückte schnell bis zur äußersten Kante seines Tisches, so als hätte Maila eine ansteckende Krankheit. Maila ärgerte sich. Sie sagte aber kein einziges Wort, sondern presste ihre Lippen zusammen. Wortlos setzte sie sich auf den Platz, den ihr Onkel ihr zugewiesen hatte, und hängte ihre Tasche an den seitlichen Haken.

Ein blonder Junge, der vor ihr saß, drehte sich zu ihr um und grinste sie an. »Herzlich willkommen, Maila. Ich bin Ben.«

»Hallo, Ben.« Maila rang sich ein Lächeln ab. War Bens Begrüßung wirklich freundlich gemeint? Ein paar andere Schüler und Schülerinnen grinsten ihr ebenfalls zu, aber einige Mienen waren eindeutig spöttisch. Wahrscheinlich machten sie sich über ihre roten Haare lustig! Diese Dummköpfe hatten keine Ahnung, dass rote Haare das Zeichen von besonders starker Zauberkraft waren.

Wenn sie gewollt hätte, hätte Maila die ganze Klasse in eine Horde Meerschweinchen verwandeln können!

»Na gut, jetzt lass ich euch mal allein«, sagte Onkel Justus und rieb sich die Hände, so als hätte er gerade einen besonders guten Geschäftsabschluss getätigt. »Ich komme in der fünften Stunde zu euch, wie immer. Dann erst mal viel Spaß!«

Damit verließ er das Klassenzimmer, und sofort ging der Lärm wieder los. Maila hatte ganz vergessen, ihre Tante zu fragen, welche Fächer Onkel Justus unterrichtete. Zu blöd!

»Was haben wir in der ersten Stunde?«, erkundigte sie sich deswegen bei ihrem Banknachbarn, der gerade so konzentriert seinen Bleistift spitzte, als gäbe es nichts Wichtigeres auf der Welt.

»Kunst, was sonst?«, brummte er. »Mist, jetzt ist das doofe Ding abgebrochen!« Er schaute Maila an, als sei sie schuld.

»Kunst?«, wiederholte Maila stirnrunzelnd. Auf keinem Tisch waren Wasserfarben zu sehen, dagegen hatten die meisten ihrer Mitschüler ihr Englischbuch vor sich liegen. Sie bemerkte, wie Markus in sich hineingrinste.

»Ach so, Lügen für Anfänger«, sagte Maila und wackelte unmerklich mit den Ohren. Der Bleistiftspitzer in Markus' Händen schnappte auf und biss kräftig zu.

»Autsch!«, schrie Markus und starrte den Spitzer an,

der immer noch seinen Finger festhielt. »Das gibt's doch nicht!« Er schüttelte heftig seine Hand, um das Ding loszuwerden. Endlich gelang es ihm. Der Spitzer fiel zu Boden und rollte quer durchs Klassenzimmer. Dabei verstreute er seinen ganzen Inhalt. Markus rannte dem Spitzer nach. Gerade als er sich nach dem Ausreißer bückte, öffnete sich die Tür, und eine junge Frau trat ein. Sie trug einen blauen Hosenanzug und hatte ihre braunen Haare zu einem Pferdeschwanz zusammengebunden. Fast sofort entdeckte sie den Dreck am Boden.

»Markus, warst du das?«, rief sie streng. »Räum sofort den Schmutz weg!«

»Ich kann nichts dafür«, verteidigte sich Markus. »Er ist mir einfach aus der Hand gerutscht, nachdem er mich gebiss… nachdem ich mir den Finger eingeklemmt habe.«

Er musste Schaufel und Handfeger aus dem Klassenschrank holen und alles zusammenkehren. Die Lehrerin nahm inzwischen hinter dem Pult Platz.

»Wie ich gehört habe, haben wir eine neue Schülerin bekommen. Maila, möchtest du dich den anderen vorstellen und ein bisschen was über dich erzählen?«

Ich möchte gar nicht, dachte Maila, aber die Lehrerin erwartete anscheinend keine Antwort von ihr.

»Bitte steh auf, damit dich alle gut sehen und hören können«, sagte die Lehrerin.

Auch das noch! Maila erhob sich und spürte, wie ihr das Blut in den Kopf stieg. Was sollte sie nur über sich erzählen, ohne zu verraten, dass sie aus einer Hexenfamilie stammte?

»Also, ich heiße Maila Espenlaub«, begann sie zögernd. »Bisher bin ich …«

Einige Schüler fingen an zu grölen.

»Zitterst du auch wie Espenlaub?«, rief jemand dazwischen.

»Ruhe!«, befahl die Lehrerin und klopfte mit der Handfläche aufs Pult. »Lasst Maila weiterreden!«

Maila fasste den Jungen, der sie verspottet hatte, ins Auge. Wieder bewegten sich ihre Ohren, und der Junge wurde von heftigem Schüttelfrost gepackt. Obwohl es im Klassenzimmer angenehm warm war, klapperten seine Zähne. Er schlang zuerst die Arme um seinen Oberkörper, dann griff er nach dem Anorak, der an seiner Stuhllehne hing. Er schlüpfte hinein und zog den Reißverschluss bis zum Kinn hoch. Seine Banknachbarin grinste und stülpte ihm auch noch die Kapuze über den Kopf.

Maila wackelte wieder, und jetzt brach dem Jungen der Schweiß aus. Sein Gesicht wurde knallrot. In panischer Hast zog er den Anorak aus und lupfte sein T-Shirt, um sich Kühlung zu verschaffen.

»Tom, am besten, du verlässt das Klassenzimmer, bis du mit deinem Theater fertig bist«, sagte die Lehrerin streng.

»Ich kann wirklich nichts dafür, Frau Blum«, stammelte Tom. »Mir ist auf einmal so komisch!«

»Als Nächstes erzählst du uns noch, dass die neue Schülerin dich verhext hat!«, erwiderte Frau Blum ungerührt. »Raus mit dir, du Störenfried!«

Tom stand auf und schlurfte betont langsam zur Tür. Bevor er das Klassenzimmer verließ, schnitt er ein paar Grimassen, die cool wirken sollten.

»Bitte, mach weiter, Maila«, forderte Frau Blum Maila auf.

Mailas Herz klopfte heftig. Sie hatte sich ertappt gefühlt, aber dann hatte sie begriffen, dass Frau Blum nur einen Scherz gemacht hatte. Trotzdem saß Maila der Schreck noch in den Gliedern.

»Lass dich von Tom nicht beirren«, meinte Frau Blum. »Er muss immer den Klassenclown spielen. Er findet sich selbst am witzigsten. Also, Maila, was führt dich zu uns?«

»Meine Eltern … haben ein Geschäft, um das sie sich ziemlich viel kümmern müssen, weil wir Konkurrenz bekommen haben«, erzählte Maila. »Deswegen soll ich eine Weile bei meiner Tante leben. Die erwartet bald ein Baby und ist froh, wenn ich da bin und ihr ein bisschen helfen kann.«

Das war zwar nur die halbe Wahrheit, aber es war auch keine richtige Lüge.

»Ein Baby, wie schön!« Frau Blum lächelte. »Hoffentlich kommst du dann noch dazu, deine Hausaufgaben zu machen.«

»Es wird erst in ein paar Monaten geboren«, erwiderte Maila. »Im Moment ist es noch im Bauch.«

»Sehr schön«, meinte Frau Blum. »Jetzt wissen wir ja schon ein bisschen was über dich. Und welche Hobbys hast du, Maila?«

Ganz schön neugierig, die Lehrerin!

Natürlich konnte Maila ihr nicht erzählen, dass sie am liebsten neue Zaubersprüche erfand. Das war ungefähr mit einem neuen Kuchenrezept zu vergleichen. Maila zögerte. Frau Blum blickte sie erwartungsvoll an und nickte ihr auffordernd zu.

Maila grinste. »Mit Gorillas Tango tanzen und Eichhörnchen das Häkeln beibringen. Außerdem mag ich es, Jungs zu verhexen und mit Schildkröten um die Wette zu rennen!«

Alle lachten.

Die Lehrerin klopfte wieder aufs Pult. »Gut, Maila, ich habe verstanden, dass du uns nicht alles über dich verraten willst. Wir haben ja noch viel Zeit, um deine Interessen herauszufinden. Ich hoffe, dass es dir bei uns gefällt. Du darfst dich wieder setzen.«

Maila wollte sich erleichtert auf den Sitz zurückplumpsen lassen, aber Markus (der inzwischen mit seiner Kehraktion fertig war) zog ihr im selben Augenblick den Stuhl weg. Maila landete auf dem Boden. Schadenfrohes Gelächter ertönte.

Mühsam rappelte sich Maila wieder auf. Zum Glück hatte sie sich nicht wehgetan, aber sie war ungeheuer wütend. Es tröstete sie auch nicht, dass Frau Blum Markus eine Strafarbeit verpasste. Maila war klar, dass Markus sie nicht leiden konnte. Bitte sehr, das beruhte auf Gegenseitigkeit! Wenn er Feindschaft wollte, dann konnte er sie verhext noch mal haben!

»Lasst uns mit dem Unterricht beginnen«, meinte Frau Blum. »Finja, holst du bitte Tom wieder herein?«

Ein dunkelhaariges Mädchen stand auf, verließ das Klassenzimmer und kam gleich darauf mit Tom zurück. Der Junge warf Maila einen bösen Blick zu und setzte sich wortlos auf seinen Platz.

Maila hatte noch kein Englischbuch. Aber das Mädchen, das vor ihr saß, lieh ihr netterweise sein eigenes Exemplar.

»Ich guck bei Ben ins Buch. Übrigens, ich bin Emily!«

»Danke.« Maila schenkte dem Mädchen ein freundliches Lächeln. Emily lächelte zurück. Sie hatte ein rundes Gesicht mit großen schokoladenbraunen Augen, die durch ihre Brille noch größer wirkten. Ihre braunen Haare waren zu einem dicken Zopf geflochten, der ihr weit über den Rücken hing.

Zum Glück war Sprachenlernen für Maila kein Problem.

Wenn sie einmal ein fremdes Wort gelesen hatte, dann vergaß sie es nie wieder. In wenigen Tagen würde sie den fehlenden Stoff aufholen. Ein bisschen Englisch konnte sie schon. Bei ihr zu Hause hatte es ein paar alte Englischbücher gegeben, die sich Maila – neugierig, wie sie war – angeschaut hatte. Sie kannte bereits viele Wörter, nur mit der Aussprache haperte es. Als sie ein Stück Text vorlesen sollte, schüttelte Frau Blum nur den Kopf und fragte, welche Lehrerin Maila zuletzt gehabt hatte. Maila hob die Schultern.

»Englisch war bei uns nicht so wichtig.«

»Bei uns ist es schon wichtig«, sagte Frau Blum. »Vielleicht kann dir dein Onkel helfen.« Sie ließ eine andere Schülerin vorlesen.

Nach der Doppelstunde Englisch hatten sie Pause. Emily wartete auf Maila, um mit ihr gemeinsam in den Pausenhof zu gehen.

»Wo kommst du eigentlich her?«, fragte sie.

»Aus Großhexenfurt«, antwortete Maila automatisch. Mist! Sie hätte sich besser einen anderen Namen ausgedacht!

Emiliy grinste. »Das klingt lustig. Da sind früher wohl lauter Hexen durch einen Fluss gewatet.«

Maila wurde rot. »Kann sein.«

»Ist Großhexenfurt weit von hier weg?«, wollte Emily wissen.

»Ja, ziemlich weit«, murmelte Maila.

»Umziehen ist doof«, sagte Emily. »Wir sind schon oft umgezogen. Jedes Mal musste ich in eine neue Schule. Immer, wenn ich gerade eine Freundin gefunden habe, ist Papa von seiner Firma wieder woanders hingeschickt worden.« Sie hakte sich bei Maila unter. »Du magst Tiere, stimmt's?«

Maila nickte. »Woher weißt du das?«

Emily lachte. »Du hast dich vorhin verraten. Wer mit Gorillas Tango tanzen und mit Schildkröten um die Wette rennen will, muss Tiere einfach gernhaben. Ich habe einen Hund, einen Berner Sennenhund. Er heißt Beppo.«

»Ich habe einen kleinen Vogel, er heißt Wilbur«, sagte Maila.

»Den musst du mir zeigen«, meinte Emily. »Vielleicht können wir uns ja mal nach der Schule treffen.«

Maila nickte. »Gern.«

Emily strahlte. »Heute Nachmittag?«

Maila hätte am liebsten gleich Ja gesagt, doch dann erinnerte sie sich an den Mitternachtszauber. Heute Nachmittag würde sie mit ihrer Tante versuchen, die ersten Maglings aufzuspüren.

»Heute Nachmittag ist es schlecht«, erwiderte sie. »Da habe ich schon etwas vor.«

»Und morgen?«, fragte Emily. »Du könntest gleich nach dem Unterricht mit mir mitkommen. Du kannst auch bei uns essen. Meine Mama freut sich immer, wenn ich Besuch mitbringe.«

»Total gerne.« Mailas Herz machte einen Hüpfer. »Ich muss erst meine Tante fragen, aber die hat bestimmt nichts dagegen.«

Die Pause war viel zu schnell zu Ende. Danach hatte die Klasse Mathematik. Herr Murks war ein kleiner, dicker Lehrer, der viele Witze machte. Maila fand den Unterricht einfacher als in der Hexenwelt. Sie konnte sich aufs Rechnen konzentrieren und musste nicht gleichzeitig an Zaubersprüche denken! Sie machte ihre Sache so gut, dass Herr Murks sie vor der Klasse lobte.

»Mit der neuen Schülerin haben wir anscheinend einen guten Fang gemacht! Wenigstens eine, die Freude an Mathematik hat!«

Emily und einige andere klopften begeistert Beifall.

In der fünften Stunde kam dann Onkel Justus, um Erdkunde zu unterrichten. Maila war neugierig, musste aber schnell feststellen, dass er leider sehr langweilig erzählte. Sie hatte große Mühe, ihm zuzuhören, und gähnte mehrmals, was ihr jedes Mal einen strafenden Blick eintrug. Die Stunde schien sich endlos zu dehnen.

»Maila, was kannst du mir über den Aufbau der Erde erzählen?«, fragte Onkel Justus plötzlich.

Maila zuckte zusammen. »Äh, Erdkruste, äußerer Mantel ... äh ...«

»Und weiter?«

In Mailas Kopf herrschte Leere. Sie geriet in Panik.

»Pullover, Hose, Unterwäsche«, sagte Markus ihr vor.

Maila wollte die Wörter automatisch wiederholen, aber zum Glück ging ihr auf, dass die Antwort totaler Blödsinn war. Markus wollte nur, dass sie sich blamierte.

»Ich weiß es nicht«, sagte sie.

»Äußerer und innerer Erdkern«, antwortete Onkel Justus. »Weißt du wenigstens, wie dick die Erdkruste im Durchschnitt ist?«

Maila schüttelte den Kopf, während Emilys Finger nach oben flog.

»Ja, Emily Steigerwald.« Onkel Justus nickte der Schülerin zu.

»Nur ungefähr 35 Kilometer«, antwortete Emily.

»Sehr gut!«

Maila war erleichtert, als es klingelte und der Unterricht zu Ende war. An diesem Tag hatten sie nur fünf Stunden, und sie konnte mit Onkel Justus wieder nach Hause fahren.

»Du bist nicht besonders gut in Erdkunde«, meinte der Onkel auf dem Heimweg. »Ich hatte mehr von dir erwartet.«

»Tut mir leid«, murmelte Maila und wurde rot. »Aber unserer Lehrerin war fast das ganze Jahr krank, sodass der Unterricht ständig ausgefallen ist.«

»Und eine Vertretung hattet ihr nicht?«

»Doch, aber –« Maila erinnerte sich an den Vertretungslehrer, der mit ihnen die Trickzauberei geübt hatte. »Aber da haben wir hauptsächlich Spiele gemacht.«

Onkel Justus schüttelte verständnislos den Kopf. »Das würde ich an meiner Schule nicht dulden.«

Zu Hause hatte Tante Juna Pizza besorgt. Nach dem Mittagessen zog sich Onkel Justus zu einem Schläfchen zurück.

Tante Juna wartete, bis er den Raum verlassen hatte, dann winkte sie Maila zu sich.

»Es kann losgehen«, sagte sie und lächelte verschmitzt.

Die Jagd nach den Maglings

Maila war sehr gespannt, als ihre Tante eine Landkarte auf dem Esstisch ausbreitete.

»Jetzt werden wir sehen, ob der Schneckenzauber gewirkt hat«, meinte die Tante. Sie holte eine Taschenlampe aus einer Küchenschublade und leuchtete damit auf die Karte.

Maila runzelte die Stirn.

»Ah«, sagte Tante Juna zufrieden, »sehr schön.«

»Ich kann nichts sehen«, beschwerte sich Maila.

»Dann hältst du den Kopf nicht richtig«, erwiderte ihre Tante. »Du musst schräg auf die Karte gucken.«

Maila tat es. Ihr fiel noch immer nichts auf – außer, dass die Karte an einigen Stellen Fettflecken hatte. Sie glänzten im Schein der Lampe.

»Wie hilft uns die Karte denn weiter? Wo sind die Maglings?«

»Siehst du denn nicht die magischen Schleimspuren?«

Maila blickte ihre Tante an. »Heißt das, dass sich die Maglings dort befinden, wo ein Fettfleck ist?«

»Ganz genau.« Tante Juna nickte. »Der Zauberschleim markiert die Stelle, an der ein Magling aufgetaucht ist. Wir müssen hinfahren und uns vor Ort auf die Suche machen.« Sie tippte auf einen Punkt. »Hier suchen wir zuerst. Wir müssen ungefähr zehn Kilometer fahren. Zieh schon mal deine Schuhe an. Ich hole schnell meine Ausrüstung.«

Die Tante verschwand und kam nach einigen Minuten mit einem großen Rucksack, den sie am Vormittag gepackt hatte, zurück.

»Ich erkläre dir unterwegs, was wir alles brauchen. Komm mit.«

Mit klopfendem Herz stieg Maila zu Tante Juna ins Auto. Tante Juna stellte den Sitz auf ihre Größe ein und korrigierte den Rückspiegel. Erst, als sie mehrere Straßen von zu Hause entfernt waren, begann sie zu reden.

»Könntest du bitte mal das Spray aus dem Rucksack holen? Es steckt in der Seitentasche.«

Maila gehorchte und fand nach einigem Suchen das Sprühfläschchen, von dem ihre Tante gesprochen hatte.

»Und jetzt sprüh damit im Auto herum.«

Maila tat es. Sogleich verbreitete sich ein Duft nach Tannennadeln und Pilzen. Als sogar Vogelgezwitscher und das Glucksen eines Bachs zu hören waren, begriff Maila, dass es sich um ein magisches Spray handelte.

»Eine Vorsichtsmaßnahme, falls wir abgehört werden«, erklärte Tante Juna. »Wahrscheinlich überflüssig, aber es ist besser, wir passen auf. Man weiß schließlich nie.«

»Glaubst du, dass Onkel Justus in diesem Auto eine Wanze versteckt hat?«, fragte Maila erschrocken.

»Möglicherweise auch eine Webcam. Aber keine Sorge, das Spray sorgt zuverlässig dafür, dass man unsere Gespräche nicht abhören kann. Und falls es ein Video geben sollte, dann wird man darauf nicht viel sehen können.«

Maila presste die Lippen aufeinander. Sie hatte angenommen, dass Tante Juna und Onkel Justus eine harmonische Ehe führten, selbst wenn die Tante ihm verschwieg, dass sie eine Hexe war. Warum hielt Tante Juna es für möglich, dass Onkel Justus sie überwachte? Gab es etwa Dinge, die Maila nicht wusste oder nicht wissen sollte?

»In meinem Rucksack befindet sich ein magischer Kompass«, berichtete Tante Juna. »Er zeigt uns an, in welcher Richtung sich der Magling befindet. Er funktioniert aber erst im Umkreis von zweihundert Metern. Außerdem habe ich für uns magische Handschuhe eingepackt, einen Zauberkescher, Seile und verschiedene andere Dinge, die bei der Jagd auf Maglings nützlich sind.« Sie warf Maila einen Seitenblick zu. »Es kann nämlich sein, dass sich manche Maglings nicht gern einfangen lassen.«

Daran hatte Maila noch gar nicht gedacht. Sie hatte geglaubt, dass sie die Maglings nur finden mussten und dass es dann keine weiteren Probleme geben würde.

Nach einer Viertelstunde Fahrtzeit hielt Tante Juna auf einem Parkplatz. Sie stiegen aus. Tante Juna schulterte den Rucksack, während Maila einen Beutel trug, in dem die Karte und die Taschenlampe steckten. Tante Juna vertraute ihr auch den magischen Kompass an.

»Pass gut darauf auf und lass ihn auf keinen Fall fallen! Ich habe nur diesen einzigen Kompass.«

Maila steckte ihn behutsam in ihren Beutel. Sie liefen einen Pfad entlang und gelangten wenig später an einen verschnörkelten Torbogen mit der Aufschrift GROSSER KURPARK.

Viele Spaziergänger waren unterwegs. Manche davon schienen Kurgäste zu sein. Einige Leute joggten oder saßen auf den Bänken und ließen sich die Sonne ins Gesicht scheinen. Maila erblickte eine Gruppe Senioren, die auf einer Wiese merkwürdige Übungen machten. Sie bewegten sich und verrenkten ihren Körper in Zeitlupe. Das Ganze wirkte wie ein Film, der zu langsam lief.

»Das ist Tai-Chi, so etwas machen die Menschen zum Entspannen«, erklärte Tante Juna. »Du kannst jetzt den Kompass herausholen. Unser erster Magling muss irgendwo in der Nähe sein.«

Maila klappte den magischen Kompass auf, aber zu ihrer Enttäuschung schlug der Zeiger noch nicht aus. War das Gerät am Ende kaputt? Oder waren sie noch zu weit von dem ausgebüxten Magling entfernt?

Sie ließen die Tai-Chi-Gruppe links liegen und nahmen an einer Abzweigung den Weg nach rechts, der zu einem Kurpavillon führte. Das war ein rundes, offenes Gebäude auf Säulen mit einem gewölbten Dach. Im Innern befand sich eine Bühne, davor standen halbkreisförmige Stuhlreihen. Einige Musiker bliesen probeweise in ihre Blasinstrumente, während sich die ersten Zuschauer einfanden und auf den Stühlen niederließen.

Maila wunderte sich etwas über die seltsame Verkleidung der Musiker. Lederhosen und Kniestrümpfe für die Männer, und die Frauen trugen alberne, karierte Kleider mit tiefem Ausschnitt. Als dann auch noch einer der Männer zu jodeln begann, kratzte sie sich am Kopf. Davon hatte sie daheim in ihrem Menschenkunde-Buch nie etwas gelesen. Als der Mann kurz darauf auch noch anfing, sich wie wild auf die Schenkel und Füße zu klopfen, sah sie ihre Tante ratlos an. Womöglich hatte der arme Kerl Läuse oder irgendwelche anderen fiesen Mitbewohner. Sie überlegte schon, ob sie ihn mit einem Heilungszauber erlösen sollte, da raunte ihre Tante:

»Diesen Tanz nennt man Schuhplattler. Frag mich nicht, wie die Menschen darauf gekommen sind. Furchtbar, nicht wahr?« Sie schüttelte den Kopf. »Aber das soll uns nicht stören. Was macht der Magling?«

Maila warf wieder einen Blick auf den Kompass. Diesmal schlug die Nadel aus, und ihr Herz machte einen Hüpfer.

»Der Zeiger weist auf den Pavillon«, stellte Tante Juna fest und dämpfte ihre Stimme. »Das verflixte Ding versteckt sich irgendwo.«

»Hast du eine Ahnung, was es sein könnte?«, fragte Maila ebenso leise.

»Nicht wirklich«, antwortete Tante Juna. »Auf alle Fälle kein Einhorn. Das hätten wir schon längst gesehen.«

Vorsichtig näherten sie sich dem Pavillon. Maila ertappte sich dabei, dass sie auf Zehenspitzen schlich. Sie versuchte, normal zu gehen. Der Magling würde ja kaum vor ihnen ausreißen. Sie mussten ihn nur finden! Aber was, wenn jemand den zauberkräftigen Gegenstand eingesteckt hatte? Sollten sie etwa die Taschen und Jacken der Leute durchsuchen?

Die Kompassnadel zitterte leicht, behielt aber die Richtung bei. Maila und ihre Tante hatten den Pavillon erreicht. Mailas Blick wanderte umher. Wo sollten sie nur mit ihrer Suche beginnen? Sie waren dem Magling so nah – und trotzdem gab es keine Spur von ihm. Es war wie verhext!

In diesem Moment stieß sich ein großer Rabe mit einem höhnischen Krächzen vom Dach ab und flog zu den hohen Birken in der Nähe. Mailas Blick wanderte zum Dach empor, und sie entdeckte ein paar Teppichfransen, die über den Rand hingen. Sie schluckte. Konnte es sein, dass einer der fliegenden Teppiche auf dem Dach des Kurpavillons gelandet war?

Sie drehte sich um und lief ein Stück zurück, bis sie aufs Dach blicken konnte. Und tatsächlich: Schräg auf der mit Schieferplatten gedeckten Halbkugel hing ein blauer Teppich, den Maila sofort wiedererkannte. Er hatte ein goldenes Mond-und-Sterne-Muster und stammte eindeutig aus ihrem Laden. Maila kehrte zu Tante Juna zurück und flüsterte ihr ins Ohr, was sie gesehen hatte.

»Hm«, überlegte diese laut. »Und wie sollen wir dieses blöde Ding unauffällig runterholen?«

Jetzt war guter Rat teuer.

»Wenn keiner zuschauen würde, könnte ich den Teppich mit einem Zauberspruch zu mir rufen«, sagte Maila.

Tante Juna schüttelte den Kopf. »Das geht auf gar keinen Fall.«

Inzwischen war bereits die Hälfte der Stühle besetzt. Die Musiker begannen, »An der schönen blauen Donau« zu spielen.

»Dann klettere ich aufs Dach«, meinte Maila entschlossen. Sie zog ihre Jacke aus und drückte sie ihrer Tante zusammen mit dem Beutel in die Hand. Danach umschlang Maila eine der Säulen und zog sich daran hoch wie ein Affe. Im Klettern war sie gut. Kein Baum war vor ihr sicher, und sie war auch schon oft an Stangen hochgeklettert.

Natürlich spürte sie sofort die Blicke der Zuschauer. Sie grinste und tat so, als würde das Ganze zur Vorstellung gehören.

Je höher sie kraxelte, desto anstrengender wurde es. Ihre Handflächen brannten. Manchmal rutschte sie ein Stück zurück, aber sie gab nicht auf, bis sie die Dachkante erreicht hatte. Mühsam zog sie sich hoch und hangelte sich über die Kante. Es hätte nicht viel gefehlt, und Maila wäre gestürzt. Endlich saß sie oben und verschnaufte. Der Teppich lag nur zwei Meter entfernt von ihr. Es war leider einer von der wilden Sorte. Hoffentlich flog er nicht davon, sobald er sie entdeckte. Sie musste geschickt vorgehen. Nach einer kurzen Pause legte sich Maila auf den Bauch und robbte vorsichtig und so leise wie möglich übers Dach. Stück für Stück näherte sie sich dem Teppich. Dann hatte sie ihn erreicht und krallte blitzschnell ihre Finger in die Fransen.

»Hab ich dich!«

Eine Ecke des Teppichs hob sich an. Offensichtlich

hatte der Teppich nichts gegen Maila. Es war, als würde er ihr zuwinken. Maila überlegte, ob sie ihn einfach vom Dach werfen oder zuerst zusammenrollen sollte. Zusammenrollen war vermutlich sicherer, da konnte er nicht so leicht davonfliegen …

»He, Mädchen, was machst du da oben?«, ertönte plötzlich eine Männerstimme von unten.

Maila schielte hinab. O nein! Zwei Polizisten standen da und starrten zu ihr empor.

»Ist das Ihre Tochter?«, fragte der zweite Polizist Tante Juna.

»Meine Nichte«, antwortete die Tante. Sie war vor Schreck ganz blass.

Maila überlegte fieberhaft. Ganz klar, es würde Ärger geben! Die Polizisten würden nicht zulassen, dass sie einfach mit dem Teppich abhaute. Womit sollte sie auch beweisen, dass der Teppich ihrer Familie gehörte? Und wie sollte sie erklären, dass er auf dem Dach des Kurpavillons gelandet war?

Der erste Polizist zückte bereits sein Notizbuch, um Mailas und Tante Junas Adresse zu notieren. Es musste etwas geschehen, und zwar schnell!

»Meine Nichte klettert furchtbar gerne«, sagte Tante Juna hastig. »Und jetzt traut sie sich nicht mehr herunter. Vielleicht können Sie ihr helfen. Die Feuerwehr rufen oder so …«

Die Feuerwehr rufen? War Tante Juna denn verrückt? Das würde doch noch mehr Aufsehen erregen!

Maila wartete nicht länger. Sie kreuzte die Finger und murmelte:

»Wittewatt, Kartoffelbauer,
bring mir einen Regenschauer!
Dunkle Wolken, braust heran,
damit ich von hier abhau'n kann!«

Fast augenblicklich verdunkelte sich der Himmel. Die Zuschauer schrien überrascht auf. Schwarze Regenwolken segelten über den Kurpark, und eine davon öffnete direkt über dem Pavillon ihre Schleusen. Eine wahre Sturzflut kam herab. Die Polizisten suchten rasch unter dem Dach Schutz, ebenso Tante Juna.

Auch Maila wurde klatschnass. Während ihr die Haare im Gesicht klebten und sie kaum etwas sehen konnte, tastete sie nach dem Teppich und hielt ihn sich über den Kopf.

»Auf, Teppich, flieg schon los!«, zischte sie.

Gehorsam erhob sich der Teppich. Maila klammerte sich mit aller Kraft daran fest. Sie rutschten vom Dach und flogen durch die Luft. Der Teppich wurde im Regen schnell nass und schwer – und das beeinträchtigte seinen Flug. Maila, die an ihm hing wie an einem Gleitschirm, musste die Knie anziehen, weil ihre Füße sonst den Boden berührt hätten. Der Teppich schwankte und flog immer wieder unerwartet eine Kurve. Aber es gelang Maila trotzdem, ihn zu Tante Junas Auto zu dirigieren. Dort ließ sie den Teppich los und sprang ab. Der Teppich landete brav neben ihr auf dem Boden.

»Fein gemacht!«, lobte Maila ihn. Sie blickte sich ängstlich um. Hatte jemand den abenteuerlichen Flug beobachtet?

Aber es war niemand zu sehen. Die Spaziergänger hatten sich wohl alle schnell vor dem Regenguss in Sicherheit gebracht.

Maila war beruhigt. Sie rollte den nassen Teppich zusammen und sorgte mit einer Handbewegung dafür, dass sich die Regenwolken nach Westen verzogen. Hoffentlich konnte Tante Juna die Polizisten abschütteln!

Es dauerte noch eine Viertelstunde, bis die Tante auftauchte. Sie machte ein zerknirschtes Gesicht.

»Was ist los?«, fragte Maila bang.

»Ich habe gegen alle Regeln verstoßen«, gestand Tante Juna. »Ich musste die Polizisten und auch die Leute im Pavillon mit einem Vergessenszauber belegen, damit sie sich nicht mehr daran erinnern, dass ein Mädchen aufs Dach geklettert ist. Mannomann! Das darf Justus nie erfahren!«

»Immerhin haben wir den Magling«, sagte Maila. »Auch wenn er ziemlich nass geworden ist.«

»Genau wie du«, sagte Tante Juna besorgt. »Hoffentlich erkältest du dich nicht! Ich könnte allerdings für dich und den Teppich einen Trockenzauber sprechen. Jetzt ist es ohnehin schon egal!«

Maila grinste. Tante Juna fuchtelte mit den Händen und sagte:

»Schluss mit Tropfen! Knochentrocken
werden Teppich, Kind und Socken!«

Sofort fühlte sich Maila wieder wohlig warm. Nur ihre Haare würde sie daheim kräftig bürsten müssen, weil sie so steif am Kopf klebten, als hätten sie eine Ladung Kleister abbekommen. Vermutlich schockgetrocknet.

Sie verstauten den Teppich, der ebenfalls getrocknet war, im Kofferraum und fuhren nach Hause.

Für diesen Tag hatten sie genug von der Jagd nach den Maglings!

Lügen und Gewissensbisse

Auf der Heimfahrt jammerte Tante Juna.

»O weh! So viel gezaubert wie heute habe ich nicht mehr, seit ich Justus geheiratet habe. Wenn er das herausfindet, wird er mich bestimmt verlassen. Und zwar mit Recht! Ich hätte ihm längst sagen müssen, dass ich eine Hexe bin.«

»Das stimmt«, meinte Maila. »Aber was kann Onkel Justus eigentlich dagegen haben? Ein bisschen Hexerei macht doch manche Dinge leichter!«

»Hast du eine Ahnung, wie die Menschen ticken!«, widersprach Tante Juna. »Die fürchten sich schrecklich vor Zauberei. Sie finden sie unheimlich! Wahrscheinlich haben sie Angst, dass sie verhext werden könnten! Justus ist da bestimmt keine Ausnahme. Manchmal habe ich ja wirklich Lust, ihn ein bisschen zu verhexen – beispielsweise, wenn er mal wieder so knurrig ist…«

Wenn er so knurrig ist, warum hast du ihn dann geheiratet?, hätte Maila am liebsten gefragt. Doch sie biss sich auf die Zunge. Sie wollte ihrer Tante nicht noch mehr Kummer machen. Schließlich erwartete diese ein Baby, und eine werdende Mutter sollte heiter und ausgeglichen sein, weil Sorgen und schlechte Laune auf das Kleine abfärben konnten. So war es wenigstens in der Hexenwelt – und Tante Juna war immer noch eine Hexe, auch wenn sie sich bemühte, sich wie ein Mensch zu benehmen.

Sie fuhren schweigend ein Stück weiter, bis Tante Juna sagte: »Meinst du, man kann es riechen, dass wir gezaubert haben?«

Manchmal entstanden beim Hexen Gerüche – beispielsweise dieser ekelhafte Pfingstrosenduft, den Maila wahrnahm, wenn schwarze Magie im Spiel war. Doch der Geruchssinn war bei jedem unterschiedlich stark ausgeprägt, und wie es mit den Menschen stand, wusste Maila nicht. Aber warum sollte Onkel Justus misstrauisch werden, wenn Tante Juna vielleicht ein bisschen nach Veilchen oder Schlüsselblumen duftete? Es konnte doch auch ein neues Parfüm sein, das sich die Tante gekauft hatte!

»Du machst dir zu viele Sorgen, Tante Juna«, sagte Maila beruhigend. »Bestimmt merkt Onkel Justus gar nichts. Wir haben einen kleinen Ausflug gemacht, weiter nichts. Du wolltest mir ein bisschen die Umgebung zeigen.«

Tante Juna starrte geradeaus auf die Fahrbahn und nickte mechanisch wie ein Roboter. »Genauso ist es,

Maila. Ich grübele immer zu sehr, das ist mein größter Fehler.«

Leider hatte Onkel Justus seinen Mittagsschlaf bereits beendet und kam hinzu, als Maila und Tante Juna den Teppich aus dem Kofferraum ausluden.

»Woher habt ihr denn diesen Teppich?«, fragte er. »Und was wollt ihr damit?«

Tante Juna reagierte geistesgegenwärtig. »Maila hat sich einen Teppich für ihr Zimmer gewünscht, denn sie läuft gern barfuß, und das Parkett ist so kalt.«

»Dazu hättet ihr keinen neuen Teppich kaufen müssen«, brummte der Onkel. »Die reine Geldverschwendung! Wir haben noch genügend alte Teppiche auf dem Speicher. Das meiste Zeug, das du von deinen Reisen mitgebracht hast, gehört auf den Sperrmüll!«

Maila sah, wie Tante Juna verärgert die Lippen zusammenkniff. Sie nahm ihr den Teppich ab, denn die Tante sollte in ihrem schwangeren Zustand nicht so schwer tragen.

»Es war allein meine Schuld«, log Maila. »Ich wollte den Teppich unbedingt haben. Tante Juna hat ihn mir nur gekauft, weil ich so schreckliches Heimweh habe.«

Sie trug den Teppich ins Haus. Draußen zeterte Onkel Justus immer noch. Maila hätte sich am liebsten die Ohren zugehalten. Wie hatte Tante Juna nur einen so schrecklichen Menschen heiraten können? Wenn das Oma Luna wüsste! Sie würde Tante Junas Ehemann schnurstracks in einen knorrigen Apfelbaum oder in eine morsche Hundehütte verwandeln!

In ihrem Zimmer angelangt, breitete Maila den Teppich auf dem Boden aus. Das Sonne-und-Sterne-Muster war wunderschön. Wilbur kam begeistert angeflattert und setzte sich mitten auf den Teppich, so als hätte Maila ihn nur seinetwegen angeschleppt.

»Wir müssen gut auf ihn aufpassen, damit er nicht wegfliegt«, sagte Maila zu Wilbur und streichelte den Teppich.

»Wenn er es versucht, dann werde ich ihn festhalten«, versprach der kleine Vogel.

Maila lachte. »Wie gut, dass ich dich habe, Wilbur!«

Sie musste eine Ecke ihres kleinen Schreibtischs anheben, damit der Teppich darunterpasste. Ihr fiel auf, dass in der Schublade etwas klapperte. Sie fasste hinein und entdeckte eine rosafarbene Muschel. Sie war sehr hübsch, aber etwas seltsam geformt. Maila runzelte die Stirn. Sie erinnerte sich, dass sie solche Muscheln schon zu Hause im Laden gesehen hatte. Es war eine magische Lauschmuschel. Mit ihrer Hilfe – und einer zweiten Muschel, die man ans Ohr hielt – konnte man hören, was gesprochen wurde – selbst wenn der Sprecher kilometerweit entfernt war. Wie kam das Ding in ihre Schublade? Maila konnte sich nicht daran erinnern, dass die Muschel gestern schon da gewesen war. Hatte Tante Juna sie in die Schublade gelegt, um Maila zu überwachen? Oder war es am Ende Onkel Justus gewesen?

Mailas Kopf begann zu schwirren, und sie musste sich auf ihr Sofa setzen. Menschen benutzten so etwas nicht. Sie verwendeten winzige Wanzen, die denselben Zweck erfüllten. Allerdings funktionierten sie mit Technik, nicht mit Magie! Es konnte eigentlich nur Tante Juna sein, die die Muschel versteckt hatte.

Wut stieg in Maila hoch. Vor ein paar Minuten hatte sie noch schreckliches Mitleid mit ihrer Tante gehabt, weil Onkel Justus so gemeckert hatte. Aber jetzt? Vertraute die Tante ihr nicht? Befürchtete sie, dass Maila die Menschenwelt auf den Kopf stellen würde?

Tränen traten in Mailas Augen. So viel Misstrauen hatte sie nicht verdient! Reichte es nicht schon, dass sie die Hexenwelt verlassen hatte, um die verflixten Maglings zu finden? Sie sehnte sich nach ihrer Familie und nach ihren Freundinnen. Ob sie den fliegenden Teppich benutzen konnte, um nach Hause zu fliegen? Sie hatte große Lust dazu. Am liebsten würde sie sofort aufbrechen!

Da erschien Tante Juna in der Tür. »Oh, wie ich sehe, hast du deinen schönen neuen Teppich schon ausgerollt.«

Maila schniefte nur. Tante Juna brauchte ihr gar kein Theater mehr vorzuspielen! Wilbur merkte, wie traurig Maila war, flatterte auf ihre Schulter und schmiegte sich tröstend an ihre Wange.

»Was ist denn los?« Die Tante schloss die Tür.

Maila schielte hoch und sah, dass Tante Juna allein gekommen war.

»Darf ich mich neben dich setzen?«, fragte diese.

Maila brummte nur.

Tante Juna nahm neben ihr Platz. Ihr kugeliger Bauch wölbte sich nach vorne. Es sah lustig aus. Maila musste an das Baby denken und schniefte noch einmal.

»Ist was passiert?«, wollte Tante Juna wissen. »Du musst schon mit mir reden. Ich bin leider nicht besonders gut im Gedankenlesen.«

Maila wandte den Blick ab und hielt ihr wortlos die Lauschmuschel hin. Tante Juna ergriff sie und drehte sie mit den Händen.

»Ein Magling. Was ist damit?«

»Tu nicht so!«, platzte Maila heraus. »Die Muschel lag im Schreibtisch, und die Einzige, die sie dorthin gelegt haben kann, bist du!«

Pause.

Dann räusperte sich die Tante. »Maila, ich schwöre dir, das war ich nicht«, sagte sie mit tonloser Stimme.

»Ich glaube dir kein Wort!«, fauchte Maila.

Tante Juna stand auf, öffnete das Fenster und schleuderte die Muschel hinaus. Maila wunderte sich, wie gut ihre Tante werfen konnte.

»Jetzt können wir ungestört reden«, sagte Tante Juna

und drehte sich um. Sie war bleich wie ein Bettlaken. »Wo hast du die Muschel gefunden?«

»Na, hier im Schreibtisch«, antwortete Maila. »Und ich bin mir ziemlich sicher, dass sie gestern noch nicht da gewesen ist.«

Tante Juna ließ sich wieder aufs Sofa fallen und streichelte gedankenverloren ihren Bauch. Sie sagte so lange nichts, dass Maila ganz ungeduldig wurde.

»Bist du sauer auf mich, Tante Juna?«, fragte sie.

Die Tante schüttelte den Kopf. »Wir müssen in Zukunft viel vorsichtiger sein.« Sie stand ächzend auf. »Ich geh mich jetzt duschen – für alle Fälle.« Ihr Mund formte lautlos das Wort *Magie*. Maila verstand. Tante Juna wollte sich den Geruch abwaschen, der vielleicht beim Hexen entstanden war.

Als sie das Zimmer verlassen hatte, legte sich Maila aufs Sofa und dachte nach. Wenn Tante Juna nichts von der Muschel gewusst hatte, dann konnte eigentlich nur Onkel Justus sie in Mailas Schreibtisch gelegt haben. Aber er war ein *Mensch*! Er kannte sich mit Zauberdingen nicht aus! Maila zermarterte sich das Gehirn. Konnte die Muschel vielleicht von allein in ihren Schreibtisch gelangt sein? Vielleicht waren noch woanders Maglings ausgebüxt, und die Lauschmuschel war eben ganz zufällig bei ihr gelandet?

Ich bin erst gestern angekommen, und heute finde ich

die Muschel. Maila nagte an ihrer Unterlippe. Das war schon ein SEHR großer Zufall!

Sie setzte sich ruckartig auf. Konnte es sein, dass sie beobachtet wurde? Dass irgendjemand aus der Hexenwelt mitbekommen hatte, was passiert war? War ihr jemand gefolgt?

Maila hatte auf einmal einen dicken Kloß im Bauch. Tante Juna hatte recht. Ab sofort mussten sie noch vorsichtiger sein!

»Wie gefällt es dir in der Schule?«, fragte Onkel Justus eine halbe Stunde später, als sie in der Küche saßen und Kuchen aßen.

»Ganz in Ordnung«, nuschelte Maila mit vollem Mund. Sie machte sich zwar immer noch große Sorgen, aber der Schokoladenkuchen, den ihr Onkel gekauft hatte, war so lecker, dass sie nicht widerstehen konnte. »Emily hat mich eingeladen, ich soll morgen nach der Schule mit zu ihr kommen.«

»Das ist schön«, freute sich Tante Juna, die immer noch sehr blass aussah. Im Gegensatz zu Maila rührte sie den Kuchen nicht an, sondern nippte nur an ihrem Tee. »Vielleicht hast du ja schon eine Freundin gefunden.«

»Das hoffe ich.« Maila überlegte, ob sie sich noch ein drittes Kuchenstück nehmen sollte. Der Kuchen schmeckte einfach himmlisch. Er zerging auf der Zunge.

Wenn sie dabei die Augen schloss, kam es ihr vor, als würde sie zu Hause bei ihren Eltern und Großeltern sitzen. So gemütlich und geborgen. Als wäre die Welt in Ordnung…

»Schmeckt dir der Kuchen?«, fragte Onkel Justus.

»Ja, sehr.«

»Dann iss doch noch ein Stück.« Er legte das größte Stück auf Mailas Teller und lächelte sie an. Maila lächelte automatisch zurück. Jetzt kam er ihr wieder vor wie der netteste Onkel der Welt. Sie konnte fast nicht mehr glauben, dass er bei ihrer Rückkehr so wegen des Teppichs geschimpft hatte.

Schließlich brachte Maila keinen Bissen mehr runter. Sie fühlte sich rundum zufrieden und ein bisschen schläfrig.

»Was meinst du, Maila, wollen wir zusammen einkaufen gehen?«, schlug Onkel Justus vor. »Du brauchst sicher noch etliche Schulsachen. Juna muss sich ein bisschen hinlegen und ausruhen. Ich fahre gern mit dir in die Stadt. Ich weiß ja auch am besten, was ihr im Unterricht braucht, haha.« Er lachte dröhnend.

Maila warf einen fragenden Blick zu ihrer Tante. Diese nickte ihr zu.

»Fahrt nur«, meinte sie. »Justus hat recht, ich muss mich jetzt wirklich hinlegen. Mein Baby und ich brauchen Ruhe.«

Wenig später saßen Maila und Onkel Justus im Auto und fuhren dieselbe Strecke wie am Morgen. Maila fühlte sich noch immer wohlig eingelullt und schaute aus dem Fenster. Eigentlich ein ganz nettes Städtchen … Sie hatte Mühe, die Augen offen zu halten.

»Wo habt ihr denn vorhin den Teppich gekauft?«, fragte Onkel Justus sehr freundlich.

Maila, die gerade am Eindösen war, hätte fast die Wahrheit gesagt. Im letzten Moment besann sie sich. Und war schlagartig hellwach.

»Oh … wir waren mal hier und mal dort«, log sie.

»Du weißt nicht zufällig den Namen des Geschäfts?«

»Nein, darauf habe ich nicht geachtet.«

»War es vielleicht ein Möbelhaus?«

»Hm, ich habe nur Teppiche und Gardinen gesehen und so was«, schwindelte Maila weiter und hoffte, dass sie keinen Fehler gemacht hatte. In ihr schrillten alle Alarmglocken. Onkel Justus wollte sie aushorchen. Vermutlich hatte er sie absichtlich mit dem leckeren Kuchen gefüttert, damit sie satt und zufrieden war. Hätte Maila einen solchen Kuchen bei Oma Luna gegessen, dann hätte sie vermutet, dass ein Wahrheitszauber darin steckte. Aber das konnte hier ja wohl kaum sein. Ihr Onkel hatte den Kuchen beim Bäcker gekauft, und der besaß bestimmt keine magischen Kräfte.

Zum Glück fragte Onkel Justus nicht weiter. In einem

Schreibwarengeschäft besorgten sie alles, was Maila benötigte. Die Schulbücher würde sie am nächsten Tag in der Schule bekommen.

Auf dem Heimweg ging die Fragerei wieder los. Der Onkel wollte wissen, welche Schule Maila bisher besucht hatte. War es eine große Schule mit vielen Schülern? Wie viele Schüler waren in einer Klasse? Hatte es Nachmittagsunterricht gegeben? Besaß die Schule eine eigene Mensa?

Maila antwortete so unverbindlich wie möglich. »Ach, die neue Schule gefällt mir viel besser«, schwindelte sie. »Vielleicht kann ich ja für immer bleiben, nicht nur ein paar Monate.« Sie lächelte ihren Onkel zuckersüß an. Darauf hörte er endlich auf, ihr Fragen zu stellen.

Zu Hause angekommen fühlte sich Maila wie erschlagen. Sie beschriftete ihre Hefte und Blöcke und hatte Mühe, dabei nicht einzuschlafen. Eigentlich hatte sie noch ihren beiden Hexenfreundinnen Ophelia und Ninive schreiben wollen, aber das schaffte sie einfach nicht mehr. Morgen war ja auch noch ein Tag …

In der Nacht hatte Maila wilde Träume. Sie stand im Lehrerzimmer, das wie ein Gerichtssaal aussah, und musste ein Verhör über sich ergehen lassen.

»Stimmt es, dass du eine Hexe bist?«

»Sind durch deine Schuld die Maglings entwischt?«

»Besitzt du einen fliegenden Teppich?«

»Weißt du, ob das Baby deiner Tante Zauberkräfte haben wird?«

Maila wachte schweißgebadet auf. Sie hatte Bauchweh und musste aufs Klo. Jetzt bereute sie es, dass sie am Nachmittag so viel Kuchen gegessen hatte. In Zukunft würde sie zurückhaltender sein, wenn es diesen leckeren Schokoladenkuchen gab. Als sie sich die Hände wusch, fiel ihr Blick auf den Zauberstab, der in dem Blumenkübel steckte. Sie konnte nicht widerstehen und streckte ihre Hand danach aus. Als ihre Fingerspitzen ihn berührten, bekam sie einen heftigen elektrischen Schlag. Erschrocken zuckte sie zusammen. Der Zauberstab war bis zum Rand mit Magie aufgeladen – ein Beweis, dass er benutzt wurde und nicht nur als Dekoration herumstand. Maila schluckte. In diesem Haus gab es ein Geheimnis – so viel war sicher!

Als sie in ihr Zimmer zurückkehrte, fiel ihr auf, dass der Hexometer nicht mehr an seinem Platz hing. Hatte Tante Juna ihn weggenommen? Darüber war Maila nicht traurig, im Gegenteil. Vielleicht wollte die Tante ihr damit zeigen, dass sie ihr vertraute und nichts mit der Lauschmuschel in Mailas Schreibtisch zu tun hatte. Maila kehrte seufzend in ihr Bett zurück. Sie hätte so gern mit jemandem über alles geredet. Notfalls sogar mit Robin. Aber niemand war da, mit dem sie sich austauschen konnte. Maila starrte im Dunkeln an die Decke. Sie hatte das ungute Gefühl, dass sie und Tante Juna nicht die einzigen Hexen in der Menschenwelt waren. Hatte sich eine fremde Macht Zugang zu diesem Haus verschafft? Mit welchen bösen Überraschungen musste Maila noch rechnen?

Am nächsten Tag stand Emily neben dem Schultor und wartete auf Maila. Maila freute sich riesig darüber. Insgeheim hatte sie befürchtet, Emily hätte es sich vielleicht anders überlegt und wollte doch nicht ihre Freundin werden. Aber jetzt lösten sich ihre Sorgen zum Glück in Luft auf.

Emily hakte sich bei Maila unter. Die beiden Mädchen gingen zusammen ins Klassenzimmer. Emily schwatzte unterwegs ununterbrochen.

»Heute in der Pause will ich in die Schulbibliothek. Ich brauche wieder was zum Lesen. Kommst du mit? Ich lese furchtbar gerne, du auch? Ich lese mindestens drei Bücher in der Woche. Oft mehr. Wie viele schaffst du so?«

Maila gab lachend Antwort. Sie fand es gar nicht lästig, dass Emily eine Menge über sie wissen wollte.

»Ich lese auch gerne«, versicherte sie ihr. »So viel wie du allerdings nicht, weil ich oft im Laden meiner Eltern mithelfen musste.«

»Oh, das ist sicher blöd«, meinte Emily.

»Ach, es macht mir eigentlich nichts aus«, sagte Maila.

»Meistens ist es ganz interessant. Es ist spannend, was für Leute kommen, um –« Sie stockte. »Um sich beraten zu lassen«, beendete sie dann ihren Satz.

»Was verkaufen denn deine Eltern so?«

»Alles Mögliche. Sachen, die man im Alltag gut brauchen kann. Besondere Marmeladen. Die sind sehr lecker. Oder Liköre. Dafür ist meine Oma zuständig. Manchmal geben wir auch nur Tipps.«

Maila hätte gerne noch mehr erzählt. *Wir helfen bei Liebeskummer. Wir verkaufen Schutzamulette. Wir führen die besten fliegenden Teppiche, die es gibt.*

Aber leider durfte sie kein Wort darüber verraten, dass der Laden ihrer Eltern viel mehr war als ein gewöhnliches Geschäft.

Sie hatten das Klassenzimmer erreicht. Markus fehlte, und Maila überlegte, ob ihre Hexerei am Tag zuvor ihm vielleicht geschadet hatte. Schließlich waren die Menschen anders als die Bewohner der Hexenwelt. Konnte es sein, dass sie empfindlicher reagierten? Hatte Maila Markus krank gemacht? Aber es war doch wirklich nur eine winzige Hexerei gewesen!

Kurz vor Unterrichtsbeginn kam Onkel Justus und legte einen Stapel Schulbücher vor Maila ab.

»Hier sind deine Schulbücher. Sie sind Eigentum der Schule, also behandele sie gut. Du musst sie so bald wie möglich einbinden, damit sie geschützt sind.«

Maila nickte. »Das war an meiner alten Schule genauso.«

Onkel Justus verschwand, und Maila verstaute die Bücher in ihrem Rucksack, der dadurch tonnenschwer wurde. In der Hexenwelt hatte sich Maila immer mit einem Leichtzauber beholfen, wie es fast alle Schüler machten – außer diejenigen, die ihre Muckis trainieren wollten.

Der Unterricht begann. Nach Englisch hatten sie Biologie, ein Fach, das Maila sehr mochte. Es ging um das Ökosystem Wald, da kannte sich Maila bestens aus. Sie konnte alle Bäume und Vogelarten benennen und kannte auch die meisten Pilze. Die Lehrerin, Frau Bartweiler, staunte.

»Super, Maila. Man merkt, dass dich der Wald interessiert!«

»Ich bin viel draußen und sammle mit meiner Oma Kräuter und Beeren«, antwortete Maila. »Die braucht sie für ihre Zauber-... äh... für ihre zauberhafte Marmelade.«

»Wenn deine Oma so gute Marmelade macht, dann kannst du ja mal ein Glas mitbringen«, meinte Frau Bartweiler.

»Mal sehen«, murmelte Maila. »Meine Oma wohnt leider nicht gerade um die Ecke.«

»Wo wohnt sie denn?«, wollte die Lehrerin wissen.

»In Großhexenfurt«, antwortete Maila.

»Oh, das klingt ja wirklich nach Wald und Märchen«, sagte die Lehrerin. »Am Ende wohnt deine Oma in einem richtigen Hexenhaus.«

Alle lachten, und Maila schoss das Blut in die Wangen. Wenn die Lehrerin wüsste, wie recht sie hatte! Aber das durfte niemand erfahren!

Daher schnitt sie eine Grimasse und sagte: »Aus Lebkuchen sind die Wände und Dachziegel leider nicht.«

Wieder ertönte Gelächter.

Zum Glück war die Stunde zu Ende, und es klingelte zur Pause. Maila begleitete Emily in die Schulbibliothek, die sich in einem flachen Anbau befand.

Es roch wunderbar nach Büchern, und Mailas Herz klopfte schneller. In der Hexenwelt hatte sie auch gerne die Bibliothek aufgesucht und in alten Zauberbüchern gestöbert. Doch in diesem Raum befanden sich keine uralten, in Leder gebundenen Bände, sondern neue Bücher mit Pappeinband – und Zauberbücher gab es natürlich keine. Maila begleitete Emily, die zwischen den Regalen hin und her lief und Bücher herauszog. Der Stapel, den sie auf dem Arm trug, wurde immer höher. Maila musste lachen.

»Hast du noch nicht genug Bücher?«

»Nein«, tönte Emilys Stimme hinter dem Stapel hervor. »Von Büchern kann ich nie genug kriegen.«

Als sie zur Theke ging, um die Bücher auszuleihen, drohte der Stapel zu kippen. Bevor die Bücher auf den Boden oder gar auf Emilys Füße fallen konnten, kreuzte Maila ihre Finger.

»*Wehe, Stapel, stehe!*«, murmelt sie.

Die Bücher rutschten wieder auf ihren Platz. Emily konnte den Stapel ohne Unfall auf die Theke bugsieren.

»Hallo, Emily«, begrüßte die Bibliotheksangestellte das Mädchen. »Ich dachte mir schon, dass du das bist. Nur du kommst mit einem so riesigen Stapel.«

Emily grinste und zog Maila neben sich. »Das ist übrigens meine neue Freundin Maila Espenlaub. Sie braucht unbedingt auch einen Bibliotheksausweis.«

»Das höre ich gerne.« Die Frau, die ein Namensschild mit der Aufschrift *Frau Raitz* trug, überreichte Maila einen Zettel. »Bitte ausfüllen und von den Eltern unterschrieben wieder mitbringen. Dann kann ich dir den Ausweis ausstellen.«

»Von den Eltern unterschrieben?« Maila kratzte sich am Kopf. »Ich wohne zurzeit bei meiner Tante und meinem Onkel.«

»Ihr Onkel ist der Schulleiter«, fügte Emily hinzu.

»Na, das ist etwas anderes.« Frau Raitz lächelte. »Dann brauchen wir ja nicht zu fürchten, dass wir die Bücher nicht zurückerhalten. Aber lass deinen Onkel oder deine Tante trotzdem unterschreiben.«

»Kann sie sich nicht schon heute Bücher mitnehmen?«, bettelte Emily.

Frau Raitz zögerte.

»Morgen reicht auch noch«, sagte Maila schnell. »Heute habe ich genug an meinen Schulbüchern zu schleppen.«

»Okay.« Frau Raitz fing an, Emilys Bücher über den Scanner zu ziehen. »Übrigens, Emily, du hast noch dreizehn Bücher zu Hause.«

»Ich weiß.« Emily nickte. »Sieben davon habe ich angefangen. Ich lese immer mehrere Bücher gleichzeitig.«

»Ein Buch links, ein Buch rechts?«, witzelte Frau Raitz.

»Nein, natürlich immer nur eins.« Emily lachte. Sie verstaute die neuen Bücher in einem großen Netz und sah sehr glücklich aus, als sie ihre Beute davonschleppen konnte.

»Bis morgen, ihr beiden!«, rief Frau Raitz den Mädchen nach.

Maila drehte sich um und winkte ihr fröhlich zu. Sie wusste schon jetzt, dass sie sich in der Schulbibliothek wohlfühlen würde – selbst wenn es hier keine Zauberbücher gab.

Besuch mit sprechendem Hund

Maila war sehr aufgeregt, als der Unterricht zu Ende war und sie Emily besuchen sollte. Emily hatte gesagt, dass ihre Mutter sie abholen würde. Also warteten die beiden Mädchen vor dem Schultor.

»Sie kommt manchmal ein bisschen zu spät, weil sie sich immer so viele Sachen vornimmt«, erklärte Emily. »Ich wette, sie hat Papas Anzug aus der Reinigung abgeholt, war noch schnell bei der Bank und hat im Supermarkt einen Getränkekasten gekauft.« Sie stellte sich auf die Zehenspitzen. »Oh, da ist sie ja schon! Hallo, Mama!« Sie wedelte heftig mit dem Arm.

Frau Steigerwald sah ihrer Tochter sehr ähnlich. Sie hatte das gleiche runde Gesicht mit lebhaften Augen wie Emily und eine mollige Figur. Allerdings trug sie ihre Haare schulterlang und offen. Als sie die Mädchen erblickte, begann sie, breit zu lächeln. Ihr Mund reichte fast von einem Ohr bis zum anderen – genau wie bei Emily. Maila mochte sie auf Anhieb.

»Hallo, du bist sicher Maila«, begrüßte Frau Steigerwald sie und gab ihr die Hand. »Freut mich, dich kennenzulernen. Emily hat mir schon eine Menge über dich erzählt.«

Maila grinste und kletterte zusammen mit Emily in das rote Auto.

»Die Sitze sind leider voller Hundehaare«, sagte Frau Steigerwald. »Beppo haart fürchterlich, doch er fährt eben schrecklich gerne Auto. Er war vorhin ganz enttäuscht, als er nicht mitkommen durfte. Ich war noch schnell bei meiner Friseurin, die Spitzen schneiden lassen, und da konnte ich ihn wirklich nicht brauchen.«

»Viel abgeschnitten hat sie aber nicht«, sagte Emily und zog ihre Mutter spielerisch an den Haaren.

»Du weißt ja, ich geize mit jedem Millimeter«, erwiderte ihre Mutter lachend. »So lang wie deine Haare werden meine nie, egal, was ich mache. Ich bin soooo neidisch auf dich, Emily.« Sie griff nach Emilys dickem Zopf.

»Lass doch, Mama!« Emily drehte sich weg.

Maila schmunzelte in sich hinein. Es wäre ein Leichtes für sie, Frau Steigerwalds Haare so dick und lang zu hexen wie die von Emily. Maila versteckte ihre Hand zwischen den Knien, kreuzte die Finger und murmelte fast unhörbar:

»Wachst, ihr Haare, jeden Tag,
weil die Frau es gerne mag!
Stück für Stück
Frau im Glück!«

»Hast du eben was gesagt?«, fragte Emily nach.

Maila schüttelte den Kopf. Ob sich Frau Steigerwald freute, wenn ihre Haare ab sofort jeden Tag mindestens einen Zentimeter wuchsen? Emily würde es Maila bestimmt erzählen!

Frau Steigerwald startete den Motor, und sie fuhren durch die Stadt, bis sie den Außenbezirk erreichten. Hier standen lauter neue Häuser inmitten schöner Gärten. Frau Steigerwald bog in eine Auffahrt ein und hielt vor einer Garage.

»Aussteigen, ihr Süßen!«

Emily und Maila kletterten aus dem Wagen und liefen zum Haus, während Frau Steigerwald das Auto in die Garage fuhr.

Hinter der Haustür ertönte Hundegebell.

»Beppo hat das Auto gehört, und er spielt dann immer ganz verrückt«, erklärte Emily. Sie schloss mit ihrem eigenen Schlüssel die Haustür auf. Ein großer, schwarz-weißer Hund mit braunen Flecken schoss auf Emily zu und warf sie um. Dann hockte er über ihr und schleckte ihr mit Hingabe das Gesicht ab.

»Hör auf, Beppo, das kitzelt!«, kicherte Emily.

»Beppo, benimm dich!«, sagte Frau Steigerwald hinter Maila streng.

Aber Beppo schaute nicht einmal auf. Emily schubste ihn beiseite und kam auf die Füße. Sie lachte noch immer.

»Beppo, du bist ein gaaaanz ungezogener Hund!« Es klang nicht so, als wäre Emily dem Hund böse. Beppo wedelte freudig mit dem Schwanz.

Maila war begeistert. So einen schönen Hund hätte sie auch gerne, aber sie konnte sich nicht vorstellen, dass Onkel Justus begeistert wäre. Vielleicht konnte sie Oma Luna überreden, wenn sie in die Hexenwelt zurückgekehrt war. Aber wer weiß, wie lange das noch dauern würde. Zuerst mussten sie und Tante Juna ja alle ausgerissenen Maglings einsammeln...

»Komm mit, Maila, ich zeige dir mein Zimmer!«, rief Emily und wollte Maila mit sich ziehen.

»Erst Schuhe ausziehen und Hände waschen!«, rief Frau Steigerwald hinterher.

Emily und Maila drängten sich in das kleine Gästeklo. Beppo musste natürlich mit.

»Mach dich nicht so dick!«, schimpfte Emily und versuchte, den Berner Sennenhund aus dem kleinen Raum zu schieben. Vergebens. Beppo wich nicht von der Stelle. Er wartete, bis sich die Mädchen die Hände gewaschen hatten. Als Maila und Emily sich dann im Flur die Schuhe abstreiften, schnappte er sich eine von Mailas Sandalen und lief damit zu seinem Hundekorb. Maila war sprachlos.

»Nichts da, mein Freund!« Frau Steigerwald nahm Beppo die Sandale ab und stellte sie zu der anderen. »Das sind Mailas Schuhe, und die lässt du gefälligst in Ruhe!«

Beppo winselte und schaute zu Frau Steigerwald auf.

Maila musste lachen. Wie süß!

»Komm!«, forderte Emily sie auf. Maila lief hinter ihr die Treppe hinauf.

»Das ist mein Zimmer!«, sagte Emily stolz und öffnete eine Tür. Maila erblickte einen großen hellen Raum. In der Mitte stand ein Himmelbett mit einem wunderschönen roten Vorhang, auf den lauter Stoffrosen genäht waren. An einer Wand befand sich ein großes Regal voller Bücher. Vor dem Fenster war ein breites Holzbrett angebracht, das als Schreibtisch diente und als Tisch für Emilys Basteleien. Ein hübscher roter Schrank, ein Schreibtischstuhl und zwei gemütliche Sessel vervollständigten die Einrichtung.

»Gefällt es dir?«, fragte Emily.

Maila nickte. »Super!«

Emily legte das Netz mit den ausgeliehenen Büchern auf dem Bett ab. Sie seufzte. »Ich hoffe sehr, dass wir hier eine Weile bleiben und nicht wieder umziehen. Aber Papa mag nichts versprechen. Er weiß nie, wann seine Firma ihn wieder woanders hinschickt.« Sie schnitt eine Grimasse. »Vielleicht sind deswegen Bücher meine allerbesten Freunde. Die kann ich wenigstens mitnehmen, wenn wir umziehen – obwohl Papa das letzte Mal schon gestöhnt hat wegen der vielen Bücherkartons.«

Beppo kam ins Zimmer, sprang mit einem Satz aufs Bett und legte sich hin.

»O nein, Beppo!« Emily schüttelte den Kopf. »Das ist MEIN Bett, verstanden? Du hast deinen Hundekorb!« Sie schubste ihn vom Bett. »Puh, bist du schwer! Das machst du wieder extra!«

»Mit Beppo ist es bestimmt nie langweilig«, meinte Maila.

»Stimmt«, erwiderte Emily. »Aber er kann auch ganz schön stören. Beispielsweise, wenn ich lesen oder Hausaufgaben machen will.«

»Wuff!«, bellte Beppo, als hätte er jedes Wort verstanden.

»Schade, dass er nicht sprechen kann«, sagte Emily.

Das lässt sich leicht ändern. Maila grinste, kreuzte die Finger auf dem Rücken und murmelte leise:

»Hundchen, rede klare Worte!
Du bist von der schlauen Sorte!«

Beppo baute sich vor Emily auf und wedelte mit dem Schwanz. »Zuckerpüppchen, ich könnte jetzt gut eine kleine Stärkung gebrauchen. Aber nicht wieder das pappige Futter aus dem Supermarkt, sondern das Futter, das wir neulich hatten. Das feine von Mamas Freundin Silke!«

Emily kippte die Kinnlade herunter. Sie schnappte nach Luft. »Wie? Was? Das kann doch nicht sein! Warum kannst du auf einmal sprechen, Beppo?« Sie sah aus, als würde sie im nächsten Moment in Ohnmacht fallen.

»Ich kann schon immer sprechen, du hast mich nur nicht verstanden«, antwortete Beppo. Seine Stimme war tief und wohltönend.

Emily plumpste aufs Bett und fächelte sich Luft zu. »Ich glaube, ich werde gerade verrückt, Maila! Wie merkt man, dass man überschnappt?«

Vielleicht war das Ganze doch keine so gute Idee. Maila kreuzte wieder die Finger und machte den Zauber rückgängig.

»Keine Sorge, du wirst nicht verrückt«, beruhigte sich Maila. »Ich habe nur ein wenig das Bauchreden geübt.«

»Du warst das?«, japste Emily erleichtert. »Meine Güte, und ich bin darauf reingefallen! Ich habe wirklich gedacht, Beppo könnte auf einmal sprechen.«

Beppo warf Maila einen Blick zu und machte vorwurfsvoll: »Wuff!«. Er hätte sich gerne noch weiter mit Emily unterhalten.

»Aber woher weißt du, dass Mamas Freundin Silke heißt?« Emily runzelte nachdenklich die Stirn.

Jetzt war guter Rat teuer. »Äh, hast du das nicht vorhin gesagt?«, fragte Maila, und ihre Wangen färbten sich ein bisschen rot.

»Nein, das habe ich bestimmt nicht«, sagte Emily mit Nachdruck. »Und du konntest auch nicht wissen, dass Silke Beppo einmal leckeres Hundefutter mitgebracht hat.«

»Hm…« Maila geriet in noch größere Verlegenheit. »Vielleicht habe ich deine Gedanken gelesen. Unbewusst. Das mache ich manchmal…«

»Aber ich habe jetzt doch gar nicht an Silke gedacht.« Emily schüttelte den Kopf.

Maila hob die Schultern. »Keine Ahnung, dann hat Beppo wahrscheinlich doch gesprochen.« Sie lächelte, damit es wie ein Witz aussehen sollte.

Emily richtete sich auf. »WER BIST DU, MAILA ESPENLAUB?« Ihre Stimme klang ein wenig schrill.

Maila schluckte. »Ich bin… du… du darfst es niemandem verraten… ich…«

»Emily, Maila, Essen ist fertig!« Frau Steigerwald steckte ihren Kopf ins Zimmer. »Es gibt Spaghetti mit Tomatensoße. Ich hoffe, das magst du, Maila.«

Maila nickte.

»Es ist Emilys Lieblingsgericht«, sagte Frau Steigerwald. »Wenn es nach ihr ginge, gäbe es das dreimal in der Woche.« Sie verschwand.

»Wer bist du?«, wiederholte Emily, ihre schokoladenbraunen Augen auf Maila gerichtet.

Maila schaute auf den Boden. »Du wirst es mir nicht glauben«, flüsterte sie. »Und ich darf es eigentlich auch gar nicht sagen.«

»Los, sag schon«, drängte Emily.

»Ich bin eine Hexe«, antwortete Maila tonlos und hob den Kopf.

Emilys Augen weiteten sich. »Das glaube ich nicht! Hexen gibt es nicht!«

»Doch«, murmelte Maila. Sie blickte zu Beppo und kreuzte die Finger.

»Zickezacke, Hundekopf!
Noch schöner wärst du mit 'nem Zopf!«

Es gab einen leisen Knall. Eine kleine Rauchwolke stieg auf, und links und rechts neben Beppos Ohren hingen zwei Zöpfe herab.

Emily presste die Hände auf den Mund und wurde blass. Maila machte den Zauber schnell wieder rückgängig.

»Glaubst du mir jetzt?«, fragte sie.

Emily nickte heftig. Die Angst in ihren Augen war

noch nicht verschwunden. »Verhext du mich auch?« Ihre Stimme klang heiser.

»Nur, wenn du es ausdrücklich willst«, antwortete Maila. »Ich wollte dich nicht erschrecken. Hoffentlich bist du noch meine Freundin!«

Emily presste die Lippen aufeinander. Dann grinste sie breit. »Klar! Jetzt erst recht!« Sie sprang auf. »Das ist ja cool! Komm, Beppo!«

Maila folgte ihr und dem Hund hinunter in die Küche, wo Frau Steigerwald den Tisch gedeckt hatte.

Die Spaghetti waren lecker. Wenn Tante Juna nur auch so kochen könnte! Während die Mädchen mit Emilys Mutter aßen, schlich Beppo in der Küche umher, lief zu seinem leeren Hundenapf und kehrte enttäuscht wieder um. Dann setzte er sich neben dem Tisch auf den Boden und sah Emily bittend an.

Frau Steigerwald schüttelte den Kopf. »Nein, Beppo, betteln nützt gar nichts! Du weißt ganz genau, dass du nur morgens und abends Futter bekommst. Du wirst sonst zu dick!«

»Du musst ihm mal wieder das Futter kaufen, das Silke damals mitgebracht hat«, sagte Emily. »Ich glaube, das hat ihm besonders gut geschmeckt.«

»Das war als Mitbringsel okay, aber wenn wir es Beppo jeden Tag kaufen würden, dann wären wir bald arm.« Frau Steigerwald lachte. »Wie kommst du denn jetzt darauf, Emily? Beppo ist doch überhaupt nicht wählerisch, was sein Futter betrifft. Hauptsache, der Napf ist voll!«

»Ich glaube trotzdem, dass wir ihm damit eine Freude machen würden«, beharrte Emily. »Vielleicht einmal in der Woche? Oder einmal im Monat?«

»Jetzt guckst du schon genauso wie Beppo«, stellte Frau Steigerwald fest.

»Bitte, Mama!«, sagte Emily. »Ich gebe auch was von meinem Taschengeld dazu.«

»Mal sehen«, antwortete Frau Steigerwald und stand auf. »Will noch jemand einen Nachschlag?«

Von den Spaghetti blieb nichts übrig. Zum Nachtisch gab es einen leckeren Obstsalat.

»Können wir den ausnahmsweise mit nach oben nehmen?«, fragte Emily.

»Meinetwegen«, erwiderte ihre Mutter. »Warum hast du es denn heute so eilig?«

»Viele Hausaufgaben.« Emily wurde rot.

»Hausaufgaben, aha.« Frau Steigerwald zwinkerte Maila zu. »Aber nicht die ganze Zeit am Computer spielen, verstanden?«

Die beiden Mädchen durften die Küche verlassen. Beppo folgte ihnen auf dem Fuß. In Emilys Zimmer setzten sich die Freundinnen aufs Bett, jede mit ihrer Schüssel auf dem Schoß.

»Du musst mir alles erzählen«, verlangte Emily. »Von Anfang an.«

»Versprich mir, dass du niemandem etwas davon weitersagst.« Maila sah Emily eindringlich an.

»Ich bin doch kein Klatschmaul!«, empörte sich diese. »Ich kann schweigen wie ein Grab!«

Maila nahm einen Löffel Obstsalat und fing an zu erzählen. Von dem Zauberladen, den die Familie Espenlaub besaß. Von *MacMagic*, dem großen Konkurrenten, der ihnen die Kunden wegschnappte. Und wie Oma Luna eine neue Zauberlikörsorte erfinden wollte und der Kessel explodiert war.

»Und dadurch sind etliche Maglings in die Menschenwelt geraten«, berichtete Maila. »Ich muss sie zusammen mit meiner Tante suchen und zurückbringen, denn Maglings gehören nicht hierher.«

Emily hatte mit großen Augen zugehört, ohne Maila ein einziges Mal zu unterbrechen. Aber jetzt fragte sie: »Was sind Maglings?«

»Zaubergegenstände oder magische Tiere«, erklärte Maila. »Beispielsweise fliegende Teppiche. Wir führen besondere Würfel im Laden, mit denen man einen Liebeszauber bewirken kann. Von denen sind auch einige verschwunden. Wir hatten auch Wassermelonen, die dir einen ganzen Sommer lang ein Erfrischungsgetränk liefern. Man muss sie nur mit einem kleinen Hahn anzapfen.

Am schlimmsten aber ist, dass auch ein Einhornfohlen verschwunden ist. Das gehört gar nicht uns, sondern der Tierhandlung in unserer Straße. Da sind noch mehr Tiere ausgebüxt, Zauberkaninchen und ein altes, geflügeltes Pferd.« Maila seufzte tief. »Hoffentlich finden wir die alle wieder.«

»Ich kann dir dabei helfen,« bot Emily sofort an.

»Das ist lieb von dir«, murmelte Maila. »Aber ich darf Tante Juna leider nicht sagen, dass ich dir alles erzählt habe. Sie flippt sonst garantiert aus.«

Emily machte ein nachdenkliches Gesicht. »Und deine Tante ist auch eine Hexe?«

Maila nickte.

»Wow, und dein Onkel ahnt nichts.« Ein Grinsen überzog Emilys Gesicht. »Das ist krass!«

»Er darf nichts erfahren! Auf keinen Fall!«

»Was, glaubst du, würde er dann machen?«

»Meine Tante meint, er würde sich bestimmt scheiden lassen.« Maila hob die Schultern. »Er würde jedenfalls schrecklich ausrasten. Onkel Justus ist so streng. Ich verstehe nicht, wie Tante Juna sich in ihn verlieben und ihn sogar heiraten konnte.«

Emily kicherte. »Vielleicht hat er ja einen Liebeszauber über sie verhängt.«

Maila schüttelte den Kopf. »Onkel Justus hat keine magischen Kräfte, er kann daher auch keinen Liebeszauber über meine Tante verhängen.« Plötzlich stockte sie. Ihr kam ein schrecklicher Gedanke. Wenn es mehr Hexen in der Menschenwelt gab als sie und Tante Juna, dann konnte derjenige auch einen Liebeszauber über Tante Juna gesprochen haben – und sie hatte sich deswegen in Onkel Justus verliebt. Blind für seinen Charakter und seine Fehler. Konnte es so gewesen sein? Aber wer würde etwas Derartiges tun?

»Was ist los?«, fragte Emily. »Hast du ein verfaultes Stück Ananas erwischt?«

»Nein«, sagte Maila. »Schlimmer. Ich glaube, jemand will mit Absicht unserer Familie schaden.« Sie erzählte von ihrem Verdacht.

»Notfalls kann deine Tante ja deinen Onkel verlassen, wenn es unerträglich wird«, meinte Emily.

»Das ist nicht so einfach, sie bekommt doch ein Baby von ihm.«

»Richtig, das hast du erzählt.« Emily schob den letzten Löffel Obstsalat in ihren Mund. »Dann ist es wirklich besser, wenn ihr vorsichtig seid und eure Hexereien vor deinem Onkel geheim haltet. Aber falls du trotzdem mal Hilfe bei den Maglings brauchst, musst du mich nur fragen.«

»Danke.«

»Hach, ich kann es immer noch nicht ganz glauben, dass ich jetzt mit einer Hexe befreundet bin!« Emily strahlte. »Das war übrigens toll, als Beppo gesprochen hat! Kannst du nicht noch einmal hexen? Und zwar so, dass er immer mit mir redet?«

Maila zögerte. »Das könnte ich schon. Aber was wird deine Mutter dazu sagen? Wie willst du ihr das erklären?«

»Kannst du es nicht so einrichten, dass nur wir zwei Beppo verstehen und niemand sonst?«, schlug Emily vor.

Maila überlegte. »Das müsste gehen.«

Sie verschränkte wieder die Finger, diesmal der linken Hand, und sagte feierlich:

»Beppo, wir verstehen dich,
doch nur Emily und ich!«

Beppo hob den Kopf. »Es ist gemein, dass ich mittags nicht gefüttert werde!«, brummte er. »Ihr würdet euch auch beschweren, wenn ihr kein Mittagessen bekommen würdet. Das ist eine bodenlose Ungerechtigkeit!«

Emily quietschte vor Vergnügen. »Er spricht, er spricht!«

»Ich weiß nicht, was daran ungewöhnlich ist«, knurrte Beppo und legte wieder den Kopf zwischen die Pfoten. »Wenn ich kein Futter bekomme, dann schlafe ich eben noch eine Runde. Energie sparen!«

»Das ist toll«, jubelte Emily. »Danke, Maila!« Sie rückte dichter an Maila heran. »Ich habe das Gefühl, dass mein Leben ab jetzt viel aufregender wird als früher!«

Onkel Justus mag keine Tiere

Der Nachmittag mit Emily verging viel zu schnell. Maila hatte den Eindruck, dass jemand die Zeit verhext hatte. Gegen Abend brachte Frau Steigerwald sie nach Hause. Emily fuhr im Auto mit, und Beppo quetschte sich auch noch mit auf die Rückbank.

»Ich hoffe, du besuchst uns bald wieder«, sagte Frau Steigerwald.

»Gerne, wenn ich darf«, antwortete Maila höflich.

»Ich bin ja so froh, dass Emily eine Freundin gefunden hat«, meinte Frau Steigerwald. »Sie tut sich manchmal etwas schwer, Freundschaften zu schließen.«

»Ich bin eben wählerisch«, erklärte Emily und verschränkte die Arme.

»Bin ich denn kein Freund?«, beschwerte sich Beppo mit tiefer Stimme. »Ich bewache jede Nacht Emilys Schlaf. Und ich passe auf, dass der Postbote sie nicht beißt!«

Die Mädchen kicherten. Maila schlang die Arme um den Hund. Beppo schloss genießerisch die Augen. Er liebte Zärtlichkeiten und konnte davon nie genug bekommen.

»Was ist denn so lustig?«, fragte Frau Steigerwald. Wegen Mailas Zauber hatte sie Beppo nicht verstanden.

»Ach, nichts!«, antwortete Emily, und die Mädchen prusteten wieder los.

Frau Steigerwald seufzte. »Kicheralter…«

Vor Tante Junas Haus stieg Maila aus und verabschiedete sich.

»Bis morgen in der Schule!«, rief Emily ihr zu und winkte.

Maila winkte zurück.

»Ah, da bist du ja«, begrüßte Tante Juna sie, nachdem Maila geklingelt hatte. »Wir warten schon auf dich.«

»Komme ich zu spät?«, fragte Maila erschrocken. Sie konnte sich nicht erinnern, dass sie eine feste Uhrzeit ausgemacht hatten.

»Nun, ich hatte gehofft, dass wir heute noch… ein bisschen suchen.« Tante Juna dämpfte ihre Stimme. »Aber das müssen wir wohl auf morgen verschieben.«

Als Maila in die Küche kam, merkte sie gleich, dass dicke Luft herrschte. Der Tisch war bereits fürs Abendessen gedeckt, aber Onkel Justus saß noch im Wohnzimmer und hatte sich hinter der Zeitung verschanzt. Tante Juna musste mehrmals nach ihm rufen, bis er endlich aufstand und in die Küche schlurfte. Wortlos nahm er sich eine Scheibe Brot, bestrich sie mit Butter und belegte sie dick mit Wurst und Käse.

»Liebling, Maila war heute Nachmittag bei Emily.« Tante Juna versuchte, ein Gespräch in Gang zu bringen.

Onkel Justus schmatzte.

»Es war sehr nett«, sagte Maila. »Ihr Hund ist so süß. Er heißt Beppo.«

»Schöner Name für einen Hund«, meinte die Tante und biss in eine saure Gurke. »Oder nicht, Justus?«

Der Onkel brummte nur und nahm sich die nächste Scheibe. Maila sah fasziniert zu, wie Unmengen von Lebensmitteln in seinem Rachen verschwanden.

»Mach dir keine Hoffnung, dass du auch einen Hund bekommst«, fuhr er sie plötzlich an. »Der komische Vogel in deinem Zimmer reicht. Es war nicht ausgemacht, dass du den mitbringst. Ich mag keine Tiere!«

Maila fiel vor Schreck ein Stück Paprika vom Brot. »Entschuldigung, das wusste ich nicht. Wilbur hängt so sehr an mir, und mit ihm fühle ich mich nicht so einsam.«

»In diesem Haus ist man nicht einsam!«, fauchte Onkel Justus und schlug mit der Faust auf den Tisch, dass die Teller und Gläser klirrten.

»Aber Justus, so beruhige dich doch«, sagte Tante Juna sanft. »Es ist doch nur ein kleines Vögelchen, das niemanden stört.«

»Mich stört der Vogel«, brummte Onkel Justus.

»Und ich kann sehr gut verstehen, dass Maila Heimweh hat«, fuhr die Tante fort. »Sie ist ja erst 13.«

»Niemand hat sie gezwungen, zu uns zu kommen«, knurrte Onkel Justus. »Wenn sie es hier so schrecklich findet, dann kann sie ja wieder abreisen.«

Es wurde Maila ganz heiß. Er redete, als wäre sie nicht anwesend! Tränen traten ihr in die Augen. Da hatte sie einen so schönen Nachmittag mit Emily verbracht, und jetzt machte ihr Onkel alles kaputt!

»Justus, bitte!« Tante Juna legte ihm beschwichtigend die Hand auf den Arm. Doch er schubste sie weg, griff nach seinem Maßkrug Bier und zog sich mit seinem Teller und dem Bier ins Wohnzimmer zurück.

»Das darfst du nicht persönlich nehmen«, flüsterte Tante Juna Maila zu. »Er hat heute schon den ganzen Tag schlechte Laune. Und als er den Vogel in deinem Zimmer entdeckt hat, war es ganz aus.«

Warum ging er auch in ihr Zimmer, wenn sie nicht da war? Maila war empört. Hatte er herumgeschnüffelt? Sie fühlte einen Stich im Bauch. Wahrscheinlich hatte er doch die Lauschmuschel in ihren Schreibtisch gelegt! Aber er war ein Mensch und konnte nicht wissen, dass es sich bei der Muschel um einen Magling handelte… Maila hatte plötzlich Kopfschmerzen und keinen Hunger mehr.

»Darf ich auch aufstehen?«, fragte sie.

»Aber natürlich, mein Schatz«, sagte Tante Juna sanft.

Maila hatte fast ein schlechtes Gewissen, als sie die Küche verließ. Tante Juna hatte es bestimmt nicht leicht, und jetzt saß sie ganz allein am Tisch! Aber wenn Maila noch länger in der Küche geblieben wäre, dann hätte sie wahrscheinlich die Beherrschung verloren und losgeheult. Onkel Justus war einfach ein Ekel!

Als Maila in ihr Zimmer kam, nahm sie ganz deutlich den Geruch von Pfingstrosen wahr. Der Duft war so stark, dass sie das Fenster öffnen und frische Luft hereinlassen musste.

Schwarze Magie!

Maila ließ sich aufs Sofa fallen. »Wilbur!«, rief sie.

Keine Antwort.

Maila schluckte. Ein mulmiges Gefühl stieg in ihr auf. »Wilbur?«, rief sie noch einmal. Beunruhigt stand sie auf, ging zum Schrank und stellte sich auf die Zehenspitzen, um die Kuckucksuhr herunterzuholen. Sie war nicht groß genug.

»Mist!« Sie dachte nicht lange nach, sondern behalf sich mit einem Hol-Zauber – eine der leichtesten Hexenübungen. Die Kuckucksuhr schwebte in ihre ausgestreckten Hände.

»Wilbur?« Mit zitternden Fingern öffnete Maila das kleine Türchen.

Nichts. Wilbur war nicht da.

Der Kloß in ihrem Bauch schien zu einem mächtigen Ballon zu werden. Wo war Wilbur? Maila biss sich auf die Lippe. Was hatte Onkel Justus mit ihm gemacht? Sie warf die Kuckucksuhr aufs Sofa und rannte nach unten, blind vor Wut und Empörung. Sie stürmte in die Küche und von dort durch die geöffnete Flügeltür ins Wohnzimmer, wo Onkel Justus saß und gerade den Bierkrug geleert hatte.

»Was hast du mit Wilbur gemacht?«, schrie sie ihn an.

»Ich habe keine Ahnung, was du meinst!«, entgegnete er und lächelte fies.

Maila hatte den Eindruck, gleich vor Wut zu platzen. Sie würde ihren Onkel in einen Pfannkuchen verwandeln! Jetzt, auf der Stelle!

»*Ene-mene-…*«

Eine kühle Hand hielt ihre Finger fest, sodass Maila sie nicht auf dem Rücken verschränken konnte.

»Nicht«, sagte Tante Juna mit leiser Stimme.

Maila zitterte vor Zorn, aber von Tante Juna ging eine beruhigende kühle Strömung aus. Sie schien in Mailas Rücken zu fließen und sich von dort auszubreiten. Mailas Herzschlag wurde langsamer, ihre Wut verflog.

»Was ist mit dem kleinen Vogel passiert, Justus?«, fragte Tante Juna.

»Nichts«, antwortete der Onkel mit harmlos klingender

Stimme. »In Mailas Zimmer hat es sehr merkwürdig gerochen. Ich habe nur ein wenig das Fenster geöffnet. Da schwirrte der Vogel vom Schrank aus ins Freie.« Er machte große unschuldige Augen. »Ich konnte doch nicht ahnen, dass Maila einen Vogel mitgebracht hat! Ich habe versucht, ihn einzufangen, aber er flog einfach über das Nachbarhaus davon. Ich hatte keine Chance.«

»O Maila, das tut mir leid«, sagte Tante Juna zerknirscht. »Wir kaufen dir einen neuen Vogel, wenn du willst.«

»Ich will Wilbur«, sagte Maila mit tränenerstickter Stimme. »Er war so niedlich. Er konnte sprechen.«

»Ein neuer Vogel lernt vielleicht auch sprechen«, meinte die Tante.

»Aber es ist nicht mehr dasselbe«, erwiderte Maila.

»Es tut mir leid«, sagte auch Onkel Justus.

Lüge! Maila glaubte ihm kein Wort. Hatte er nicht vorhin bei Tisch gesagt, dass er Tiere nicht leiden konnte? Wer weiß, was er mit dem armen Wilbur gemacht hatte!

Maila hatte keine Kraft mehr, wütend zu sein. Sie war tieftraurig. Wortlos verließ sie das Wohnzimmer. Als sie die Treppe hinaufging, kamen ihr ihre Beine ungeheuer schwer vor. Sie schienen eine Tonne zu wiegen. In ihrem Zimmer angelangt, ließ sich Maila aufs Sofa fallen. Die Kuckucksuhr berührte ihre Wange. Jetzt gab es kein Halten mehr: Mailas Tränen flossen in Strömen.

»Mein kleiner Wilbur!«, murmelte sie, während ihr die Traurigkeit das Herz abschnürte.

So lag sie da, bis sich draußen die Dämmerung herabsenkte. Plötzlich flatterte etwas ins Zimmer herein und landete auf ihrer Brust. Maila tastete danach und fühlte weiche Federn und ein schnell schlagendes Vogelherz.

»Ich … ich bin so weit … geflogen«, keuchte ein Stimmchen. »Es ging … nicht schneller …«

»Wilbur!«, flüsterte Maila glücklich. »Mein Wilbur! Du bist wieder da!«

Nachdem Wilbur wieder etwas zu Atem gekommen war, erzählte er, was sich am Nachmittag ereignet hatte.

»Ich hielt gerade ein Nickerchen, als Onkel Justus zur Tür hereinkam. Er schnüffelte überall herum. Ich meine, er schnüffelte wirklich. Wie ein Trüffelschwein, das im Boden Pilze sucht. Besonders interessierte er sich für den Teppich. Er hob immer wieder eine Ecke an und roch daran. Er öffnete sogar das Fenster und schüttelte den Teppich aus. Dann entdeckte dein Onkel mich. Er wollte nach mir greifen, aber ich konnte ihm entwischen. Dann stieß er etwas in einer fremden Sprache aus, die ich nicht verstanden habe. Plötzlich wurde mir ganz komisch. Ich glaube, eine Art Wirbelwind erfasste mich – und auf einmal war ich irgendwo draußen im Freien und kannte mich nicht mehr aus. Ich wäre früher zu dir zurückgekommen, aber ich musste erst wieder den Weg finden.«

Das war eine lange Rede für den kleinen, erschöpften Wilbur. Maila drückte ihm einen Kuss auf die Federn. »Wie gut, dass du wieder da bist! Ich habe dich so vermisst! Ich wüsste nicht, was ich ohne dich machen sollte!«

Wilbur piepste leise und kuschelte sich in Mailas Hand. Wenig später war er eingeschlafen. Kein Wunder nach so einem langen Flug!

Maila dachte über das nach, was Wilbur erzählt hatte. Merkwürdig, dass sich Onkel Justus so für den Teppich interessierte. Warum hatte er daran geschnüffelt? Hatte er herausfinden wollen, ob der Teppich vielleicht voller Schadstoffe war? Aber das hieße, dass sich der Onkel Sorgen um Maila machte. Sie lächelte schwach.

Doch warum hatte er Wilbur gejagt? Und was war das für ein Wirbelwind gewesen? War Wilbur einfach durcheinander gewesen vor lauter Angst? Möglicherweise hatte Onkel Justus die Tür offen gelassen, und Wilbur war in die Zugluft geraten …

Vor lauter Gegrübel schlief Maila ein.

»Ach, wie schön, dass Wilbur wieder da ist!«

Maila blinzelte. Tante Juna stand vor ihr.

»Guten Morgen, Maila!«, sagte die Tante. »Hast du etwa in deinen Kleidern geschlafen?«

»Kann sein«, murmelte Maila. Sie musste tief und

fest geschlafen haben. Es war schon heller Morgen, und Tante Juna war gekommen, um sie zu wecken.

»Heute bringe ich dich zur Schule«, kündigte sie an. »Justus muss freitags nicht arbeiten. Er fährt später los, um Fiona abzuholen. Sie kommt meistens jedes zweite Wochenende zu uns.«

Fiona! Onkel Justus' Tochter aus erster Ehe. Maila war nicht gerade scharf darauf, sie kennenzulernen. Tante Juna musste es ihr wohl ansehen, denn sie lachte.

»Jetzt mach nicht so ein Gesicht, Maila. Etwas Gutes hat die Sache: Justus verbringt mit seiner Tochter den ganzen Nachmittag. So haben wir viel Zeit, um nach den Maglings zu suchen.«

Ach ja, die Maglings. Deswegen war Maila ja in der Menschenwelt. Wegen der Aufregung um Wilbur war ihre Aufgabe ein wenig in den Hintergrund gerückt. Plötzlich freute sie sich auf den Nachmittag. Sie würde Tante Juna für sich allein haben!

Der Vormittag in der Schule verging diesmal im Nu. Sie hatten nur vier Stunden, weil die beiden letzten Stunden Sport ausfielen. Die Sportlehrerin, Frau Wickelrock, besuchte eine Fortbildung.

Emily überredete Markus, mit ihr den Platz zu tauschen, sodass sie zukünftig neben Maila sitzen konnte. Markus hatte erst keine Lust, aber Emily bestach ihn mit zwei Comicheften, hinter denen er schon lange her war.

Maila freute sich sehr, als ihre neue Freundin neben ihr saß.

»Beppo hat mir gestern noch eine Gutenachtgeschichte erzählt«, teilte Emily Maila im Flüsterton mit. »Sehr lustig! Es ging um einen Knochen, der nicht schlafen konnte …«

»Und ich habe mich schrecklich aufgeregt, weil Wilbur plötzlich weg war«, erzählte Maila. »Ich weiß nicht, ob Onkel Justus dahintersteckt oder ob alles nur ein Zufall war.«

»Das will ich genauer wissen«, verlangte Emily.

Mailas Bericht musste aber bis zur Pause warten. Emily machte ein nachdenkliches Gesicht, nachdem sie Wilburs Abenteuer gehört hatte.

»Warum schnüffelt dein Onkel in deinem Zimmer herum, wenn du nicht da bist?«, fragte sie.

»Keine Ahnung. Er hat behauptet, es hätte komisch gerochen.« Plötzlich fiel Maila noch etwas ein. »Der Pfingstrosenduft …«

»Was ist damit?«, hakte Emily nach. »Also, ich mag ja Pfingstrosen!« Sie machte große Augen, als sie erfuhr, dass schwarze Magie in der Hexenwelt den Geruch nach Pfingstrosen hinterließ.

»Nicht jeder kann ihn riechen«, sagte Maila. »Manche haben eine feinere Nase als andere.«

»Genau wie bei uns Menschen.« Emily spielte mit

ihrem Zopf. »Da muss noch jemand sein, der zaubern kann.«

Maila spürte einen kalten Schauder, obwohl es ein warmer Sommertag war. Sie erinnerte sich daran, dass es am ersten Tag in der Schule auch nach Pfingstrosen gerochen hatte. Konnte es sein, dass sie verfolgt wurde? Vielleicht hatte man in der Hexenwelt längst herausgefunden, dass so viele Maglings in die Menschenwelt verschwunden waren. Dann würde Mailas Familie großen Ärger bekommen. Mit Maila ging die Fantasie durch. Möglicherweise war ein Spion auf sie angesetzt worden. Man würde sie bei der Jagd nach den ausgebüxten Maglings erwischen und zur Rede stellen. Und dann würde die Familie am Ende ihren kleinen Zauberladen verlieren … Maila schluckte heftig und kämpfte mit den Tränen.

»Ach, Emily, ich versuche einfach nur, das Richtige zu tun. Oma Luna hat den Kessel ja nicht absichtlich explodieren lassen. Mir ist klar, dass die Maglings nicht in die Menschenwelt gehören. Ich habe solche Angst, dass man mich verfolgt. Vielleicht wird jeder Schritt von mir überwacht …« Sie dachte wieder an die Lauschmuschel, die sie in ihrem Schreibtisch gefunden hatte.

Emily legte ihr tröstend den Arm um die Schultern. »Mach dir nicht so viele Sorgen! Ist es denn so schlimm, dass die Maglings ausgerissen sind? Das kann doch kein

Verbrechen sein! Ich meine, so etwas Schlimmes wie ein Bankraub oder gar ein Mord. Es war einfach eine blöde Panne!«

Maila schüttelte heftig den Kopf. »Das verstehst du nicht, Emily. Maglings haben in der Menschenwelt nichts verloren. Es sind Zaubersachen oder magische Tiere – und ihre Kraft funktioniert auch in der Menschenwelt.«

Emilys Augen begannen zu leuchten. »Also, wenn ich so einen Magling fände, dann könnte ich damit auch hexen?«

Maila nickte.

»Und auch auf einem fliegenden Teppich reisen?«, fragte Emily weiter.

»Auch das«, antwortete Maila. »Vorausgesetzt, du kennst die richtigen Befehle.«

»Wahnsinn«, murmelte Emily. »Ich könnte also auf einem solchen Teppich zur Schule fliegen. Und mit einer Lauschmuschel Gespräche hören.«

»Und mit einem Liebeszauber Leute zusammen- oder auseinanderbringen«, bestätigte Maila. »Begreifst du jetzt, wie gefährlich das ist?«

»Hm.« Emily überlegte. »Aber in der Hexenwelt benutzt ihr doch auch solche Dinge. Warum soll es für uns Menschen gefährlicher sein als für euch?«

Maila seufzte. »Wir sind daran gewöhnt, Emily. Wenn uns jemand mit einem Liebeszauber belegt, dann können wir ihn möglicherweise unschädlich machen. Oder wir wissen, wohin wir gehen müssen, um den Zauber aufzuheben. Die meisten Zaubereien können irgendwie rückgängig gemacht werden, wenn man weiß, wie. Ihr Menschen habt dieses Wissen nicht. Ihr bekommt magische Dinge, mit denen ihr nicht umgehen könnt, in die Hände.«

»Ah, ich kapiere«, sagte Emily. »Das ist, als würde man ein Auto ohne Führerschein fahren. Wenn man sich damit nicht auskennt, fährt man gegen die Wand.«

»So ungefähr«, erwiderte Maila.

»Dann gibt es wohl auch so etwas wie die Hexenpolizei, die aufpasst, dass sich alle an die Regeln halten«, meinte Emily.

»Genau«, sagte Maila. »Wir nennen es nur nicht Polizei, sondern Magischer Kontrolldienst, abgekürzt MKD. Der kontrolliert, ob alles so ist, wie es sein soll.«

»Und du glaubst, dass dir jemand von diesem Magischen Kontrolldienst hierher gefolgt ist und dich überwacht?«, wollte Emily wissen.

Maila schloss die Augen. Jetzt, da Emily Mailas Ängste ausgesprochen hatte, kam ihr alles noch viel schrecklicher vor.

»Ich weiß es nicht«, sagte Maila tonlos. »Ich habe noch nie davon gehört, dass der MKD die Menschenwelt besucht. Aber für alles gibt es ein erstes Mal.«

Rätsel um Fiona

Nach dem Unterricht holte Tante Juna Maila von der Schule ab. Maila verabschiedete sich von Emily und wünschte ihr ein schönes Wochenende. Emily winkte ihr zu, als sie ins Auto kletterte.

»Grüß Beppo von mir!«, rief Maila.

»Mach ich.« Emily lächelte.

Tante Juna startete den Motor. »Wir müssen uns sputen«, meinte sie. »Wenn wir heute fleißig sind, können wir mehrere Maglings finden. Je eher sie in die Hexenwelt zurückkehren, desto besser.«

Maila überlegte, ob sie ihrer Tante von ihrem Verdacht berichten sollte, dass der Magische Kontrolldienst hinter ihnen her war. Doch dann entschied sie sich dagegen. Sie wollte nicht, dass sich Tante Juna beunruhigte. Das konnte dem Baby im Bauch schaden. Also biss sich Maila auf die Lippe und hielt den Mund.

»Du bist so schweigsam. Was ist los mit dir?« Tante Juna lachte sie an.

»Nichts.« Maila versuchte, zurückzulächeln.

»Machst du dir Sorgen um Fiona?«, wollte die Tante wissen. »Du wirst schon mit ihr klarkommen, Maila. Du hast schließlich einen Bruder ungefähr im gleichen Alter. Du weißt ja, wie Jugendliche dann manchmal sind.«

»O ja.« Maila seufzte. Sie kannte die Launen ihres Bruders nur zu gut. Seine Faulheit. Seine ewigen Versprechen, die er nicht hielt. Seine aufgesetzte Lässigkeit. Und den unendlichen Spaß, den er hatte, wenn er Maila ärgern konnte. Große Brüder waren wie ein Pickel auf der Stirn – absolut lästig!

Tante Juna bog in eine Parklücke ein. »Hol mal die Karte aus dem Handschuhfach. Wir müssen nach den magischen Schneckenspuren sehen, damit wir wissen, wo wir suchen müssen.«

Maila öffnete die Klappe, zog die Karte heraus und faltete sie auseinander. Sie hielt den Kopf schief und suchte nach den glänzenden Linien oder Punkten.

»Ich kann nichts erkennen, Tante Juna.«

»Gib mal her.« Nun suchte die Tante auf der Karte. Vergebens. »Verflixt noch mal, verhext und zugenäht! Ich kann auch nichts sehen.«

»Was jetzt?«, fragte Maila bang.

»Ich verstehe nicht, warum die Spuren schon verschwunden sind.« Tante Juna schüttelte den Kopf. »Ich werde es mit einem Verstärkungszauber versuchen.«

Sie breitete die Karte auf ihrem Schoß aus und machte darüber kreisförmige Handbewegungen.

»Feuer, Erde, Wasser, Wind,
zeigt mir, wo die Maglings sind!«

Auf der Karte erschienen kleine braune Flecken, so als hätte jemand darauf eine Zigarette ausgedrückt. Tante Juna holte ihr Smartphone aus der Tasche und machte Fotos von der Karte und den markierten Punkten.

»Ich weiß nicht, wie lange die Markierungen sichtbar bleiben«, erklärte sie. »Und der Verstärkungszauber lässt sich auch nicht ständig wiederholen.« Sie blickte Maila an. »Jetzt kann ich nur hoffen, dass Justus nicht mein Smartphone erwischt und mich fragt, warum ich Fotos von einer Landkarte gemacht habe.«

»Das Anti-Überwachungsspray!«, sagte Maila erschrocken.

»O ja, wo habe ich nur meinen Kopf? Diese Schwangerschaft! Sie macht mich ganz vergesslich! Hoffentlich gibt sich das wieder, wenn das Baby da ist.« Tante Juna kramte in ihrem Rucksack herum, bis sie das Spray gefunden hatte. Sie drückte auf den Zerstäuber, und eine weiße Wolke hüllte das Innere des Wagens ein.

»Jetzt sind wir sicher.« Tante Juna lachte.

Maila hatte ganz und gar nicht das Gefühl, dass sie

sicher waren. Als der Nebel im Auto verflogen war, blickte sie sich um. Hatte der blaue Wagen hinter ihnen vorhin auch schon dagestanden? Sie konnte zwei Männer mit dunklen Sonnenbrillen erkennen, die sich unterhielten und immer wieder nach vorne zu Maila und ihrer Tante schauten. Mailas Herz klopfte schneller.

»Wir müssen zum Teufelswäldchen«, sagte Tante Juna, die inzwischen die Karte studiert hatte. »In der Nähe des Aussichtsturms muss ein Magling sein.«

Sie startete den Motor. Maila faltete die Karte zusammen und behielt den Wagen hinter ihnen im Auge, während Tante Juna aus der Parklücke ausscherte. Das blaue Auto verließ ebenfalls seinen Platz und folgte ihnen.

Also doch! Maila fühlte, wie sich Schweißperlen auf ihrer Stirn sammelten. Es kam ihr auf einmal unerträglich heiß im Wagen vor, und sie öffnete das Seitenfenster, um frische Luft hereinzulassen.

Tante Juna summte fröhlich vor sich hin, während sie die Stadt verließen. Maila beobachtete den blauen Wagen. Ein Stein fiel ihr vom Herzen, als er in Richtung Sportplatz abbog. Sie hatte sich geirrt. Es war wohl nur ein Zufall gewesen, dass das Auto hinter ihnen geparkt hatte.

Mailas Stimmung stieg schlagartig an. Sie ließ sich von der guten Laune ihrer Tante anstecken. Links und rechts breiteten sich Wiesen und Felder aus. Auf einem knorrigen Apfelbaum hockte ein Rabe. Auf einem Acker stand eine Vogelscheuche. Maila fühlte sich sofort an die Hexenwelt erinnert. Jedes Jahr gab es einen Vogelscheuchen-Wettbewerb. Man musste eine Vogelscheuche bauen und sie dann mit einem Zauberspruch zum Tanzen bringen. Die Vogelscheuche, die am längsten und am schönsten tanzte, bekam einen Preis. Im letzten Jahr hatte Robin mit seinem *Moderfräulein* gewonnen. Das Fräulein hatte beim Tanzen ständig Frösche aus den zerfransten Ärmeln geschüttelt und außerdem schleimig grüne Pfützen hinterlassen. Zum Schluss hatte sich das Kopftuch aufgelöst und war als Wolke aus Fledermäusen davongeflogen …

Ob es in der Menschenwelt auch ähnliche Wettbewerbe gab?

»Habe ich dir schon einmal erzählt, wie ich Justus kennengelernt habe?«, unterbrach Tante Juna Mailas Gedanken.

»Nein.« Maila war gespannt auf die Geschichte. Sie musste sofort an Emily denken und an deren Vermutung, dass vielleicht ein Liebeszauber Tante Juna und Onkel Justus zusammengebracht hatte.

»Ich war vor ungefähr drei Jahren in Freiburg, um mir einen Vortrag über altägyptische Kunst und Magie anzuhören«, begann Tante Juna. »Es war ein wunderschönes Herbstwochenende, und weil ich mich nachmittags im

Hotel langweilte, fuhr ich mit dem Bus zum Berg Schauinsland. Man fährt von unten mit einer Seilbahn hoch und hat dann von oben eine tolle Aussicht in mehrere Täler – vorausgesetzt, es herrscht gutes Wetter. Als ich hochfuhr, ging alles gut, aber auf der Rückfahrt blieb die Gondel auf einmal stehen. Unter mir war ein tiefer Abgrund …«

»Oje.« Maila riss die Augen auf. »Hast du Angst gehabt?«

»Ein bisschen mulmig war mir schon«, gab Tante Juna zu. »Außer mir war nur noch ein Mann in der Gondel. Wir waren uns schon kurz auf dem Aussichtsturm begegnet. Du ahnst es, es war Justus. Er redete beruhigend auf mich ein und versicherte mir, alles werde gut werden und wir kämen heil unten an. Das hat ja auch gestimmt. Die Seilbahn fuhr nach ungefähr zehn Minuten weiter, aber der Schreck saß mir ordentlich in den Gliedern. Wir haben anschließend zusammen einen Kaffee getrunken und uns dabei gut über alles Mögliche unterhalten. Tja, so fing es mit uns an!« Tante Juna warf Maila einen Seitenblick zu. Sie hatte ganz rosige Wangen bekommen, und ihre Augen leuchteten.

Onkel Justus – ein Held?

»Wenn du allein gewesen wärest, hättest du dich sicher mit einem Zauber gerettet, oder?«, fragte Maila.

»Klar, ein Zauberspruch hätte die Seilbahn dazu gebracht, wieder das zu tun, was sie tun soll.« Tante Juna lachte. »Aber das Hängen über dem Abgrund war ja auch irgendwie aufregend. Aufregend und romantisch!«

Maila nickte gedankenverloren. Wenn Tante Juna die Seilbahn mit Magie zum Fahren gebracht hätte, dann konnte man die Bahn vermutlich genauso gut mit einem Zauberspruch anhalten… Hatte da vielleicht jemand nachgeholfen? Hatte die Seilbahn aufgrund eines Liebeszaubers gestoppt?

»War sonst niemand in der Gondel?«, fragte Maila noch einmal nach.

»Nein«, antwortete Tante Juna. »Wir waren nur zu zweit. Das machte es ja gerade so besonders.«

»War es die einzige Gondel?«

»Aber nein. Es fahren ständig Gondeln rauf und runter. Der Schauinsland ist schließlich ein beliebtes Ausflugsziel.«

»Hm.«

»Warum fragst du?«

»Nur so«, schwindelte Maila und nahm sich vor, die Sache mit Emily zu besprechen. Wie würde sie wohl darüber denken? Es war schön, hier in der Menschenwelt eine Freundin zu haben, mit der sie über solche Dinge reden konnte!

Nach einer halben Stunde hatten sie das Teufelswäldchen erreicht. Tante Juna bog auf einen Waldparkplatz ein. Dort ließen sie das Auto stehen und gingen zu Fuß weiter.

Links und rechts wuchsen hohe Bäume. Es roch nach feuchter Erde, Moos und Tannennadeln. In den Zweigen zwitscherten die Vögel. Maila blieb einen Augenblick lang stehen und schloss die Augen. Fast wie zu Hause. Sie spürte einen Stich in der Brust. Jetzt heimkommen und ein leckeres Stück Pflaumenkuchen von Oma Luna essen …

Mailas Tante zog inzwischen den magischen Kompass aus der Tasche. »O super, er schlägt aus! Unser Magling kann nicht mehr weit entfernt sein. Komm, Maila!«

Sie verließen den Weg und durchquerten den Wald. Maila entdeckte ein rotbraunes Eichhörnchen, das eilig einen Stamm hinaufhuschte und von oben auf sie herabspähte. Wenig später flog ein Eichelhäher vor ihnen auf und krächzte. Maila lächelte. Der Wald in der Menschenwelt unterschied sich gar nicht so sehr von dem in der Hexenwelt. Wobei letzterer ein bisschen wilder war.

Sie liefen auf eine Lichtung zu. Tante Juna wurde immer aufgeregter, weil die Kompassnadel jetzt zitterte. Sie mussten ganz nah an ihrem Ziel sein!

Maila entdeckte den Magling zuerst. Es war ein feuerroter Phönix, der sich auf den Stufen des Aussichtsturms niedergelassen hatte. Der Turm bestand ganz aus Holz und war ungefähr 15 Meter hoch. Die Treppen liefen im Viereck um den Turm herum, und nach jeweils zwei Treppen gelangte man auf eine Plattform.

Maila und Tante Juna hatten Glück. Es war niemand außer ihnen da.

Vorsichtig näherten sie sich dem Phönix, um ihn nicht zu erschrecken.

Der große Vogel sah völlig erschöpft aus. Er blickte dankbar zu Maila auf, als sie ihm ihren Arm hinhielt, damit er darauf klettern konnte. Sie spürte die Hitze seiner Krallen.

»Armer Vogel, du hast sicher Hunger«, meinte sie und streichelte sanft sein Gefieder. Sie wandte sich nach ihrer Tante um. »Wir müssen ihn vor Onkel Justus verstecken, bis wir ihn in die Hexenwelt zurückbringen können.«

Tante Juna nickte. »Ich weiß auch, wo. Über unserer Garage befindet sich ein Stauraum, den wir nicht nutzen. Man kommt nur mit einer Leiter hinauf. Dort ist der Phönix erst einmal sicher.« Sie überlegte kurz. »Glaubst du, er braucht einen Käfig?«

»Ich denke, es geht auch so«, sagte Maila. Sie wandte sich wieder dem Vogel zu. »Du fliegst nicht noch einmal weg, oder?«

Der Vogel piepste leise, hielt den Kopf schief und schloss die Augen. Er wirkte kraftlos. Wer weiß, wie weit er geflogen war … Sein prächtiges Gefieder hatte gelitten. Etliche Federn waren abgebrochen oder geknickt. Es würde eine Weile dauern, bis er wieder so wunderschön aussah wie früher. Die Menschenwelt war offensichtlich nichts für ihn.

Maila und Tante Juna kehrten zum Auto zurück. Maila trug den Phönix auf der Schulter.

»Wir bringen ihn am besten erst nach Hause und suchen dann weiter nach den anderen Maglings«, schlug die Tante vor. »Er braucht Ruhe und hat sicher auch Hunger. Wir kaufen auf dem Rückweg eine große Packung Sonnenblumenkerne.«

»Nanu, Justus ist ja noch da«, wunderte sich Tante Juna, als sie in die Einfahrt fuhren. »Er wollte den Nachmittag doch mit Fiona verbringen.«

Vor der Garage stand ein glänzender roter Sportwagen. Er gehörte Onkel Justus, der ihn aber nur selten benutzte. In die Schule fuhr er damit so gut wie gar nicht. Meistens stand der Flitzer in der Garage. Tante Juna durfte sich nie ans Steuer setzen, denn Onkel Justus hatte viel zu viel Angst um sein teures Auto.

»Vielleicht hat Fiona abgesagt«, meinte Maila.

Es war wie verhext! Zu blöd, dass die Luft nicht rein war. Jetzt mussten sie besonders vorsichtig sein, damit der Onkel den Phönix nicht bemerkte.

»Der Schlüssel für das Versteck liegt in der Küchenschublade«, sagte Tante Juna. »Ich schleiche mich rein und hole ihn. Dann kannst du mit der Leiter hochklettern und dem Phönix ein gemütliches Plätzchen bereiten.«

Reinschleichen? Maila sah ihre Tante zweifelnd an. Mit ihrem kugeligen Bauch bewegte sie sich ziemlich schwerfällig.

»Ich geh rein und hole den Schlüssel«, entschied Maila. »Du passt inzwischen auf den Phönix auf.«

»Na gut.« Die Tante war einverstanden. »Es ist die Schublade ganz links. Der Schlüssel ist sehr groß, du wirst ihn sofort entdecken.«

Maila nickte. Sie lief zur Haustür und öffnete sie so leise wie möglich. Auf Zehenspitzen schlich sie durch den Flur. Nur kein Geräusch machen!

Aus dem Wohnzimmer kamen Stimmen: Onkel Justus und eine helle Stimme, die sicher seiner Tochter gehörte.

Fiona klang ziemlich aufgebracht.

»Was soll das?«, schrie sie zornig. »Ist das ein Spiel oder was? Ich kann nicht mit den Ohren wackeln, verflixt noch eins! Und ich verstehe nicht, warum du mir dafür hundert Euro geben willst.«

»Aber Kindchen, ich habe dich doch nur darum gebeten, dass du es wenigstens noch einmal versuchst«, sagte Onkel Justus. »Kein Grund, sich so aufzuregen!«

»Aber ich rege mich auf!«, fauchte Fiona. »Bin ich dein Affe oder was?«

Maila hatte innegehalten. Ihr war gleichzeitig heiß und kalt. Sie begann, am ganzen Körper zu zittern. Es ging ums Ohrenwackeln! Warum war es für Onkel Justus so wichtig, dass Fiona es versuchte?

Hatte das Ohrenwackeln in der Menschenwelt vielleicht eine ähnliche wichtige Bedeutung wie in der Hexenwelt?

Maila kam nicht mehr dazu, länger darüber nachzugrübeln, denn in diesem Moment stürzte Fiona aus dem Wohnzimmer und prallte mit ihr zusammen.

»He, du Nuss, kannst du nicht aufpassen?« Fiona trat einen Schritt zurück und musterte Maila von oben bis unten. »Wer bist du überhaupt?«

Fiona war größer als Maila, schlank, hatte schwarze glatte Haare und grüne Augen, die sie dick mit dunklem Kajalstift umrahmt hatte. Ihre Lippen leuchteten lilafarben, und weil sie ganz in Schwarz gekleidet war, wirkte sie sehr blass. Ein bisschen wie ein Vampir, fand Maila.

»Hallo, ich bin Maila Espenlaub«, sagte Maila und streckte die Hand aus. »Du musst Fiona sein.«

Fiona übersah Mailas Hand und verschränkte die Arme. »Und warum schleichst du hier herum und lauschst?«

»Ich lausche nicht«, log Maila. »Ich wollte nur etwas aus dem Haus holen.«

Jetzt trat auch Onkel Justus aus dem Wohnzimmer, groß und breit wie ein Schrank. Er blickte Maila so streng an, dass sie das Gefühl hatte, zu schrumpfen. Aber sie hatte doch wirklich nichts Schlimmes getan!

»Was wolltest du holen, Maila?«

»Äh, ich wollte …« Maila überlegte eine Ausrede und entschied sich für die halbe Wahrheit. »Wir haben einen verletzten Vogel gefunden und brauchen einen Korb oder einen Käfig.«

»Um ihn ins Tierheim zu bringen?« Onkel Justus' Stimme klang wie Donnergrollen.

Maila nickte mechanisch.

Der Onkel ging an ihr vorbei und öffnete die Haustür. Fiona lief hinterher. Es blieb Maila nichts anderes übrig, als den beiden zu folgen. Hoffentlich würden sie den Phönix nur für ein gewöhnliches Haustier halten.

Tante Juna lehnte am Wagen, als sie kamen, den Phönix auf dem Arm. Der Vogel ließ erschöpft den Kopf hängen.

»Das ist ja ein toller Papagei!«, rief Fiona begeistert und stürzte auf den Phönix zu. Dieser hob den Kopf und gab einen krächzenden Laut von sich.

»Er mag mich!« Fiona streckte die Hand aus, um ihn zu streicheln. »Was ist mit ihm passiert? Wo habt ihr ihn gefunden? O Papa, darf ich den Papagei behalten?« Sie drehte sich bittend nach Onkel Justus um, legte ihre Stirn in Falten und machte einen Schmollmund.

Maila sah, wie sich die Miene ihres Onkels veränderte. Waren seine Gesichtszüge eben noch hart und kantig gewesen, schmolzen sie jetzt unter Fionas Dackelblick dahin und wurden weich und geschmeidig.

»Wenn du dir so sehr wünschst, den Vogel zu behalten, dann darf er meinetwegen bleiben.«

»O Papa, du bist der Beste!« Fiona flog ihm um den Hals und gab ihm einen knallenden Schmatz auf die Wange. Auf Onkel Justus' Haut blühte eine lila Blume – der Abdruck von Fionas Lippenstift. Das Mädchen wandte sich wieder dem Phönix zu und ließ ihn auf ihren Arm klettern. Der Vogel knabberte zaghaft an einer Haarsträhne.

Maila hätte ihr gerne gesagt, dass es sich um einen Phönix handelte, einen magischen Vogel. Eigentlich sollten nur Erwachsene einen solchen Vogel halten. Es konnte nämlich verstörend sein, wenn der Vogel alt wurde und sich dann in ein offenes Feuer stürzte. Als Maila das erste Mal von dieser Angewohnheit der Phönixe gehört hatte, hatte sich alles in ihr zusammengezogen. Aber so ein magischer Vogel starb nicht im Feuer, jedenfalls nicht wirklich. Wenn das Feuer zu einem Häuflein Asche zusammengesunken war, krabbelte der Phönix aus der Asche heraus, jung und quietschlebendig, mit schönem, leuchtendem Gefieder. Auf diese Weise war ein Phönix praktisch unsterblich – in der

Hexenwelt. Maila hatte keine Ahnung, wie es sich in der Menschenwelt verhielt.

»Ich wollte mit Maila nach der Schule einen Ausflug machen und ihr den Aussichtsturm hinter dem Teufelswäldchen zeigen«, erzählte Tante Juna. »Dort sind wir dann auf den Vogel gestoßen und mussten unseren Ausflug leider abbrechen. Ja, wir haben gedacht, wir bringen ihn am besten ins Tierheim. Dort gibt es erfahrene Leute, die sich um ihn kümmern werden. Du magst ja keine Vögel, Justus.«

Onkel Justus räusperte sich. Er blickte von seiner Tochter zu Tante Juna und dann wieder zurück.

»Für Fiona mache ich eine Ausnahme«, sagte er mit rauer Stimme. »Es stimmt, ich kann mit so einem Vogel nichts anfangen. Aber ich muss ihn ja nicht gleich mit ins Bett nehmen, haha.« Er lachte dröhnend.

An der Kletterwand

Eigentlich hätte Maila froh sein können, dass Onkel Justus nicht darauf bestand, den Phönix ins Tierheim zu bringen. Doch Fiona konnte ihn auch nicht behalten, jedenfalls nicht auf Dauer. In Kürze würden sie den Vogel zurück in die Hexenwelt schicken müssen. Das bedeutete, dass sie ihn Fiona wieder wegnehmen mussten – und das würde mit Sicherheit ein Riesentheater geben.

Aber im Moment war Fiona erst einmal glücklich. Tante Juna fand in einem der Zimmer einen alten Papageienkäfig, und darin durfte der Phönix vorerst wohnen. Die Sonnenblumenkerne nahm er gerne an. Fiona fütterte ihn auch mit Nüssen und Apfelstückchen und quietschte jedes Mal begeistert, wenn der Vogel das Futter aus ihrer Hand nahm.

»Ich glaube, er mag mich«, erklärte sie mit strahlenden Augen. »Ich werde ihn Philipp nennen, was meint ihr?«

An diesem Nachmittag hatte Fiona nur Augen für den Phönix. Maila durfte ihr helfen, den Vogel in ihr Zimmer zu bringen. Fiona hatte ja zwei Zimmer im Haus und ein kleines Bad. Maila staunte, als sie die Räumlichkeiten zum ersten Mal sah. Wahrscheinlich würde es auch das letzte Mal sein, dass sie die Zimmer betreten durfte, denn Fiona war darin sehr eigen. Es war ihr kleines Königreich, und nur sie bestimmte, wer hineingehen durfte. Selbst Onkel Justus schien sich an diese Regel zu halten. Maila fragte sich, ob er ihr auch heimlich hinterherschnüffelte, wie er es bei ihr tat. Aber vielleicht respektierte er tatsächlich die Privatsphäre seiner Tochter.

Die beiden Zimmer waren wunderschön eingerichtet. Das eine war Fionas Schlafgemach mit einem riesigen weichen Himmelbett, einem geräumigen Kleiderschrank und einem zierlichen Schminktisch, auf dem sich unzählige Fläschchen, Tübchen und Stifte befanden. Eine ganze Wand diente als Schmuckständer. Dort hingen mindestens hundert verschiedene Ketten, außerdem jede Menge Armbänder, Ringe und Ohrstecker. Es glitzerte und funkelte, dass man beim Hinsehen ganz geblendet wurde.

Der Boden war mit einem weißen, flauschigen Teppich bedeckt, in dem man regelrecht versank. Bestimmt war es herrlich, darauf barfuß zu gehen …

Das zweite Zimmer war eine Art Wohnzimmer mit einer Couch, die mindestens doppelt so groß war wie das Modell, das in Mailas Zimmer stand. An einer Wand hing ein riesiger Flachfernseher. Außerdem stand da noch ein Couchtisch, ganz aus Glas, auf dem etliche Mädchenzeitschriften lagen. Und es gab sogar einen kleinen Balkon mit einer gemütlichen Hängeschaukel. Fiona fehlte es an nichts! Maila verdrängte das Neidgefühl, das sich in ihr breitmachen wollte. Eines dieser Zimmer hätte ihr gereicht! Aber stattdessen musste sie in dem zukünftigen Babyzimmer mit der albernen Tapete wohnen.

»So, hast du nun alles gesehen?«, fragte Fiona schnippisch. Sie hatte den Käfig mit dem Phönix auf den Glastisch gestellt.

Maila warf noch schnell einen Blick ins Badezimmer. Auch das war ein Traum. Es war ganz in Weiß und hellen Gelbtönen gehalten. Eine große Wanne stand in der Mitte. Überall im Raum waren Kerzen und Rosenblätter verteilt. Maila erblickte ihr Ebenbild in dem ovalen Spiegel: das üppige rote Haar mit den wilden Locken, die kleine Nase und die blauen Augen, die immer violett wurden, wenn sie hexte oder zornig war. Im Vergleich zu Fiona fand sie ihr Aussehen langweilig. Fiona wirkte düster und geheimnisvoll.

»Bist du jetzt endlich zufrieden?«, fragte Fiona, die in der Tür lehnte.

Maila drehte sich nach ihr um. »Das Bad ist sehr schön.«

Die Mädchen sahen einander an, bis Fiona zuerst den Blick senkte.

»Warum wollte dein Vater, dass du mit den Ohren wackelst?«, rutschte es Maila heraus. Mist! Sie hätte ihre Worte gerne zurückgenommen.

»Das hast du mitgekriegt? Voll peinlich!« Fiona hob den Kopf. In ihrem Blick lag Trotz. »Hat er es auch bei dir probiert? Es ist ein Tick von ihm. Er behauptet, wenn man mit den Ohren wackeln könnte, sei man etwas Besonderes.«

Maila musste ihren Trumpf ausspielen. »Ich kann es«, sagte sie stolz.

»Glaub ich nicht«, kam es von Fiona. »Beweis es!«

Maila strich ihr Haar zurück, damit ihre Ohren frei lagen. Sie strengte sich an, an keinen Zauberspruch zu denken. Dann bewegte sie vorsichtig ihre Ohren vor und zurück.

»Du kannst es ja tatsächlich.« Fiona schlug sich vor Vergnügen auf die Schenkel. »Das musst du gleich meinem Vater zeigen! Ich bezweifle aber, dass er dir hundert Euro dafür gibt.«

Maila wurde rot. Sie hatte es ja gar nicht auf das Geld ihres Onkels abgesehen, sondern wollte nur wissen, warum ihm das Ohrenwackeln so wichtig war.

»Echt witzig«, meinte Fiona. »Ich wette, in deiner Klasse bist du damit der Star.« Ihre Lippen zuckten spöttisch.

»Höchstens der Clown«, widersprach Maila. Fiona schien keine Ahnung zu haben, wie nützlich das Ohrenwackeln sein konnte. Wahrscheinlich hatte es bei den Menschen keinerlei Bedeutung. Außer, dass es lustig aussah.

»Jetzt aber raus mit dir«, befahl Fiona. »Du brauchst dir nicht einzubilden, dass wir Freundinnen werden! Ich finde es ziemlich lästig, dass du hier wohnst, nur weil deine Eltern keine Lust haben, sich um dich zu kümmern.«

Maila hätte ihr gerne erklärt, dass es ganz anders war. Aber das ging leider nicht. So warf sie nur noch einen letzten Blick auf den Phönix und verließ dann Fionas Reich.

Eigentlich hatten Maila und Tante Juna an diesem Nachmittag nach weiteren Maglings suchen wollen, aber Onkel Justus klebte an ihnen wie eine Klette. Fiona beschäftigte sich mit dem Phönix, und offenbar hatte Onkel Justus Langeweile.

Tante Juna machte verschiedene Vorschläge.

»Wir könnten doch heute Abend alle zusammen Pizza essen gehen. Was meinst du?«

»Fiona mag keine Pizza«, entgegnete der Onkel. »Zu viele Kalorien. Sie fürchtet, sie wird zu fett.«

»Fiona zu fett?« Maila verdrehte die Augen. Wenn jemand richtig schlank war, dann Fiona.

»Wir könnten einen Spieleabend machen«, meinte Tante Juna.

»Du weißt doch, dass ich nicht spielen mag«, grunzte Onkel Justus.

»Weil du nicht verlieren kannst.« Tante Juna lächelte.

»Natürlich kann ich verlieren«, brauste der Onkel auf. »Die meisten Spiele sind mir einfach zu dumm. Quizfragen sind entweder zu einfach oder zu absurd, und Hütchen fangen könnt ihr selbst. Und Schach kann man nicht zu viert spielen.«

»Es gibt tolle Spiele«, widersprach Tante Juna.

»Ich hab noch keins gefunden, das toll ist und das man zu viert spielen kann«, behauptete Onkel Justus und verschanzte sich hinter der Tageszeitung. Das Thema war für ihn erledigt.

Maila überlegte, ob sie Emily anrufen sollte, aber dann fiel ihr ein, dass Emilys Familie am Wochenende Besuch bekam. Schließlich zog sich Maila in ihr Zimmer zurück und vertiefte sich in ein Buch, das sie sich am Vormittag in der Schulbibliothek ausgeliehen hatte. Sie war gerade mitten in die Handlung eingetaucht und hatte alles um sich herum vergessen, als Fiona ohne Anklopfen in ihr Zimmer platzte. Maila zuckte zusammen.

»Hübsch hast du's hier«, spottete Fiona und betrachtete die Wände mit den Zwergen. »Lauter angesagte Boygroups.«

»Was willst du?«, fragte Maila ungehalten und klappte ihr Buch zu.

»Ich kann nichts über den Papagei finden«, sagte Fiona. »Im Internet finde ich kein einziges Bild. Es muss eine ganz seltene Art sein. Dabei interessiert es mich, was er so braucht. Ich will doch, dass er sich wohlfühlt.«

Maila hätte ihr viel über den Phönix erzählen können. Dass die Vögel Einzelgänger waren. Sie kamen nur zur Paarungszeit zusammen. Das Weibchen legte in seinem Leben ein einziges Ei, das das Männchen allein ausbrütete. Wenn man hexte, konnte die Gegenwart eines Phönix die Zauberkraft verstärken.

»Warum fragst du mich?«, gab Maila zurück.

»Ich hatte den Eindruck, dass du den Vogel ganz gut kennst.« Fiona setzte sich neben sie auf das Sofa. Maila rückte ein Stück zur Seite.

»Da täuschst du dich.«

»Papa hat erzählt, dass du in deinem Zimmer einen komischen Vogel hast.« Fiona drehte den Kopf. »Wo ist er? Ich sehe keinen Käfig.«

»Wilbur schläft gerade«, antwortete Maila. »Wegen deines Vaters ist er gestern ganz weit fortgeflogen, deshalb ist er heute noch erschöpft.«

Fiona stand auf und reckte den Kopf. »Wo schläft er?«

Maila seufzte. »In der Kuckucksuhr.«

Fiona lachte schrill. »Du bist echt eine komische Nudel, Maila. Ich dachte, du bist tierlieb. Stattdessen sperrst du deinen Vogel in eine Uhr.«

»Wilbur ist nicht eingesperrt«, stellte Maila richtig. »Er kann jederzeit raus, wenn er möchte. In die Uhr zieht er sich nur zurück, wenn er seine Ruhe haben will.«

»Na dann.« Fiona grinste und steckte die Hände in die Hosentaschen. »Die Kuckucksuhr passt übrigens zu dir und den Zwergen.«

Maila kochte innerlich. Sie hatte große Lust, Fiona aus dem Zimmer zu werfen. Man konnte ihr diesen Gedanken wohl vom Gesicht ablesen, denn Fiona sagte: »Ich geh ja gleich.« Sie war schon halb im Flur, als sie sich noch einmal umdrehte.

»Übrigens, Papa und ich wollen nachher ins Kino. Kommst du mit?«

»Was ist mit Tante Juna?«, fragte Maila sofort.

»Sie überlegt noch.«

»Und welcher Film läuft?«

»Ein Animationsfilm mit Zwergen«, antwortete Fiona.

»Nein, danke«, sagte Maila.

»War nur Spaß«, meinte Fiona. »Wir gehen in den neuen Film mit Elyas M'Barek. Papa steht so auf ihn.«

Maila hatte keine Ahnung, wer Elyas M'Barek war. »Gut, ich komme mit«, entschied sie. Sie war neugierig, denn sie war noch nie im Kino gewesen.

Zwei Stunden später erhoben sie sich aus den flauschigen roten Sesseln und verließen den schummrig beleuchteten

Kinosaal. Der Film war eine lustige Komödie gewesen. Tante Juna hatte gelacht, bis ihr der Bauch wehtat.

»O weh, ich glaube, so durchgeschüttelt wurde mein Baby noch nie!«, sagte sie jetzt im Foyer und streichelte zärtlich über ihren Kugelbauch.

»Bestimmt wird mein Sohn mal ein Fan von Elyas M'Barek«, meinte Onkel Justus voller Vaterstolz.

»Woher willst du wissen, dass es ein Junge wird?«, fragte Tante Juna und lächelte selig.

»Da bin ich mir ziemlich sicher«, sagte Onkel Justus und drückte ihre Hand.

Fiona verdrehte genervt die Augen. Sie schien nicht begeistert darüber zu sein, dass sie bald einen Halbbruder oder eine Halbschwester bekam.

Vielleicht sogar mit Hexenkräften, dachte Maila belustigt.

Sie wollten nach der Vorstellung noch alle zusammen chinesisch essen. Im Restaurant zeigte Fiona, wie gut sie mit zwei Holzstäbchen umgehen konnte, während die anderen normales Besteck benutzten. Es war ein ganz gemütlicher Abend, und Maila fiel auf, dass Tante Juna sehr entspannt wirkte. Zum Abschluss durfte sich jeder noch einen Glückskeks nehmen.

»Ich bin gespannt, was auf meinem Zettel steht.« Fiona entrollte den schmalen Papierstreifen. Sie las vor: »*Auch wenn du nicht mit den Ohren wackeln kannst, winkt dir in Zukunft das Glück.*« Wütend knüllte sie das Papier zusammen. »So ein Blödsinn!«

»Ich gebe auch nichts auf solche Prophezeiungen«, sagte Onkel Justus. Trotzdem las er vor: »*Bald wird deine Familie größer, und dir wird klar, dass du nicht mehr so im Mittepunkt stehst wie bisher.*« Er schnitt eine Grimasse. »Was für eine Weisheit!«

»Jetzt du«, sagte Fiona zu Maila.

Maila rollte ihren Zettel auf. »*Um ein Leben zu retten, übertrittst du eine Regel. Verzage nicht!*« Sie schüttelte den Kopf. Was hatte das zu bedeuten?

»Juna, was steht bei dir?«, fragte Onkel Justus.

Tante Juna war blass geworden und weigerte sich, ihren Spruch vorzulesen. Erst, als alle auf sie einredeten, gab sie nach. »*Was du befürchtest, tritt ein – und zwar sehr bald.*« Sie kämpfte mit den Tränen.

»Unsinn!« Onkel Justus nahm ihr den Zettel weg und warf ihn in den Tischabfallbehälter. »Unverschämtheit, dir solche Angst zu machen! In dieses Restaurant gehen wir nie wieder!«

Als er die Rechnung bezahlte, gab er kein Trinkgeld.

Beim Hinausgehen drückte Maila Tante Junas Hand. »Hab keine Angst«, flüsterte sie ihr zu. »Ich bin doch bei dir.«

»Das ist es ja gerade«, murmelte Tante Juna.

Am nächsten Morgen überlegten sie, was sie unternehmen sollten. Es war klar, dass Onkel Justus seiner Tochter ein tolles Programm bieten wollte. Tante Juna hingegen sah aus, als ob sie sich dringend ausruhen müsste.

»Wenn wir in einen Vergnügungspark wollten, hätten wir früher losfahren müssen«, sagte Onkel Justus zu Fiona, der kein Vorschlag richtig gefiel.

»Jeden Samstagvormittag ist unter der Brücke ein großer Flohmarkt«, meinte Tante Juna matt.

»Langweilig«, knurrte Fiona.

»Finde ich gar nicht«, widersprach Maila. Sie ging furchtbar gerne auf Hexenflohmärkte, weil man dort oft magische Raritäten entdecken konnte.

Fiona warf ihr nur einen abschätzigen Blick zu, der bedeuten sollte: *Ach, was weißt du schon!*

»Shoppen?«, schlug Onkel Justus vor.

Einen kurzen Augenblick leuchteten Fionas Augen auf. Dann sanken ihre Lider wieder herab. »Keine Lust.«

»Ein Zirkus ist gerade in der Stadt«, erinnerte sich Tante Juna.

»Ich bin doch kein Baby wie Maila«, war Fionas Reaktion.

Onkel Justus schnaubte genervt. »Am besten gehst du hoch und spielst mit deinem neuen Papagei. Vielleicht kannst du ihm das Sprechen beibringen.«

Fiona überhörte seinen Satz. »Gibt es hier in der Umgebung keinen Klettergarten oder so was?«

»Klettern?«, wiederholte Onkel Justus. »Das ist viel zu riskant!«

»So ein Quatsch!« Fiona verdrehte die Augen. Sie erzählte, dass sie mit ihrer Mutter regelmäßig zum Bouldern ging.

»Bouldern?«, fragte Maila nach.

»Das ist Klettern ohne Sicherung, du Doofi«, antwortete Fiona. »Nichts für Babys wie dich.«

Maila wurde zornig.

»Keine Sicherung?«, brauste Onkel Justus auf. »Ich glaube, ich muss mit deiner Mutter mal ein Wörtchen reden! Das ist unverantwortlich.«

»Da passiert schon nichts«, verteidigte Fiona ihre Mutter. »Erstens klettert man nicht sehr hoch, und zweitens liegen auf dem Boden immer *Crashpads.*« Sie drehte ihren Kopf zu Maila. »Das sind Matten, falls du das auch nicht verstehst.«

Maila musste ihre Zeigefinger festhalten, um Fiona nicht eine saure Gurke statt der Nase ins Gesicht zu hexen. Sie hatte große Lust dazu.

Fiona hatte schon ihr Smartphone hervorgezogen und suchte im Internet nach einer Klettermöglichkeit in der Umgebung. Sie quietschte begeistert auf.

»Ich wusste es! Es gibt eine Kletterwand am *Kleinen*

Hohberg, ungefähr zwanzig Kilometer von hier.« Sie reichte das Smartphone ihrem Vater, damit sich dieser Bilder von der Kletterwand ansehen konnte.

»Hm, hm«, machte Onkel Justus nur.

»Ohne mich«, sagte Tante Juna. »Ich komme zwar mit, aber niemand kriegt mich die Felswand hoch.«

»Das verlangt auch keiner von dir, Juna-Schatz«, brummte Onkel Justus und warf ihr einen Blick zu, der fast zärtlich war. »Du musst ja auf unsere Knutschkugel aufpassen.« Er beugte sich zu ihr und strich über ihren Bauch.

»Und du kletterst auch nicht, Justus, versprich mir das«, sagte Tante Juna streng.

Maila konnte sich ihren Onkel nur schwer beim Erklimmen einer Kletterwand vorstellen. Dafür war er viel zu dick und zu plump.

»Was ist mit dir, Maila?«, fragte Fiona. »Bist du ein Angsthase und kletterst auch nicht?«

»Ich mache natürlich mit«, stieß Maila empört aus. Was dachte Fiona denn? Für Maila war kein Baum zu hoch. Sie war schon oft für Oma Luna in die höchsten Wipfel geklettert, um ein paar Mistelzweige zu holen. Höhenangst kannte sie nicht. Fiona sollte sich bloß nicht einbilden, dass sie besser klettern konnte als Maila!

»Gut«, sagte Onkel Justus. »Dann steht unser Ausflugsziel also fest.«

»Ich mache noch schnell einen Picknickkorb zurecht«, kündigte Tante Juna an. »Maila und Fiona, helft ihr mir in der Küche?

Maila sagte sofort zu, während sich Fiona vor der Arbeit drückte.

»Ich muss mich um meinen Vogel kümmern«, behauptete sie und verschwand.

Maila und Tante Juna schnippelten Paprika und Gurkenstücke und machten unzählige leckere Häppchen mit Käse und Oliven. Außerdem kochten sie Eier hart und bereiteten einen leckeren Nudelsalat zu. Zuletzt packten sie alles in einen großen Picknickkorb. Die Getränke kamen in eine Kühltasche.

»Das reicht für drei Tage«, meinte Maila, als sie den schweren Picknickkorb anhob.

»Sag das nicht.« Tante Juna lachte. »Du weißt doch, welche Mengen Justus wegputzen kann! Er wird sich sowieso beschweren, weil es keine Bratwürste gibt.«

Es wurde Mittag, bis sie aufbrechen konnten, denn Fiona musste noch ein dringendes Telefonat mit ihrer Freundin führen, das länger als eine Stunde dauerte. Endlich waren alle fertig und stiegen ins Auto.

An der Kletterwand war viel los. Die Betreuer kamen kaum nach, die Gäste einzuweisen. Zu Fionas Enttäuschung durfte nur mit Sicherungsseilen geklettert werden. Da der Andrang so groß war, mussten sie eine Weile warten.

»Wir können ja schon mal picknicken«, schlug Tante Juna vor, weil Fionas Gesicht schon wieder so düster war wie eine Gewitterwolke.

Sie setzten sich an einen Tisch, dessen Platte aus einer großen Baumscheibe bestand. Auf dem Spielplatz nebenan tobte eine Horde Kinder. Fiona schnitt eine Grimasse und stöpselte sich Ohrhörer ein, um mit lauter Musik das Kindergeschrei zu übertönen.

»Keine Bratwürste?«, fragte Onkel Justus enttäuscht, nachdem Tante Juna den Picknickkorb geöffnet hatte.

»Tut mir leid, mein Lieber, aber du hast die letzten drei heute Morgen zum Frühstück gegessen«, sagte die Tante und zwinkerte Maila zu. Hatte sie es nicht vorausgesehen?

Onkel Justus griff missmutig zu den Käsehäppchen und ließ immer zwei hintereinander in seinem Rachen verschwinden. Fiona nahm sich eine winzige Portion Nudelsalat.

»Ich kann nicht klettern, wenn mein Bauch zu voll ist«, erklärte sie.

»Ach, hast du Angst, dass du nicht mehr in das Klettergeschirr passt?«, unkte Maila.

Fiona streckte ihr die Zunge heraus. Maila konnte es nicht lassen. Sie kreuzte rasch die Finger, und Fionas Zunge wurde lang und länger. Fiona verdrehte die Augen und hatte Mühe, die Riesenzunge wieder einzurollen. Maila verkniff sich das Grinsen und hob den Zauber auf. Weder Onkel Justus noch Tante Juna hatten etwas von dem Vorfall mitbekommen. Vermutlich hatte auch Fiona keine Ahnung, was gerade passiert war. Sie griff sich noch ein paar Mal an den Hals, aber es war alles wieder normal.

Schließlich waren wieder Plätze an der Kletterwand frei. Fiona stellte ihren Teller ab und rannte zu einem gut aussehenden Betreuer. Er war höchstens 17, muskulös und braun gebrannt und half ihr, die Gurte anzulegen. Dann erklärte er ihr, was sie machen sollte.

»Weiß ich längst.« Fiona spielte die Erfahrene. »Ich klettere schließlich nicht zum ersten Mal.«

»Aber nicht hier.« Der Betreuer lachte. »Sonst hätte ich mich an dich erinnert.«

Fiona hielt den Kopf schief und sah ihn schräg von der Seite an. Ihre Augen funkelten.

»Auch auf die Gefahr hin, dass ich dich langweile – ich halte mich an die Regeln«, sagte er. »Aber du kannst mir nachher gerne deine Handynummer geben. Vielleicht können wir ja auch mal privat miteinander klettern.«

Fiona grinste nur vielsagend und fing gleich an, die Wand hochzusteigen. Der Betreuer sah ihr nach, nickte zufrieden und wandte sich dann Maila zu.

»Und du, kannst du auch schon klettern?«

»Bisher nur auf Bäume«, antwortete Maila. Sie ließ sich alles erklären und sah interessiert zu, als der junge Mann die Schnallen ihres Gurtes schloss.

»Leichte Strecke für den Anfang?«, fragte er.

Maila nickte. An einer Felswand hochzuklettern, war doch etwas anderes, als auf Bäume zu steigen.

Der Anfängersteig war voller als der für die fortgeschrittenen Kletterer. Maila sah von ihrem Platz aus, dass Fiona eine der schwierigsten Strecken gewählt hatte. Sie kletterte mit hohem Tempo und befand sich bereits in schwindelerregender Höhe.

Weil Maila immer wieder warten musste, hatte sie Zeit, Fiona zu beobachten.

Fiona schielte häufig zu dem Betreuer hinunter. Wahrscheinlich prüfte sie, ob er ihr auch nachsah. Er winkte ihr ein paar Mal zu. Fiona winkte zurück.

Und dann passierte es. Fiona wollte ihren Karabinerhaken an einem Stahlseil einklinken, merkte aber nicht, dass sie das Seil nicht erwischt hatte. Stattdessen hing der Karabinerhaken lose an einem Stein. Als Fiona dann ihre Position wechselte, rutschte sie mit den Füßen ab.

Eigentlich sollte das Seil mit dem Karabinerhaken sie vor dem Absturz bewahren. Aber es war ja nicht eingehakt. Fiona hing zwar noch an einem zweiten Seil, aber ihr Oberkörper kippte nach hinten, und sie schwang am Seil frei durch die Luft.

Maila stieß einen Schrei aus. Ihr war klar, dass Fionas Körper durch die Pendelbewegung gleich gegen den Felsen schlagen würde.

Instinktiv kreuzte sie die Finger und hielt die Bewegung an.

»Zeit, steh still,
weil ich es will!!«

Sie verlangsamte mit ihrem Zauber den Rückstoß so sehr, dass Fiona Zeit hatte, den Aufprall gefahrlos mit den Händen abzufedern.

Fiona hatte gar nicht gemerkt, in welcher Gefahr sie sich gerade befunden hatte. Sie richtete sich auf und angelte nach dem zweiten Seil, um es diesmal ordentlich einzuhaken. Auch die anderen Kletterer hatten kaum etwas mitbekommen. Der Betreuer war gerade mit einem neuen Gast beschäftigt.

Maila atmete tief durch. Sie blickte nach hinten zu Tante Juna und Onkel Justus – und starrte mitten in Onkel Justus' fassungsloses Gesicht.

Maila wurde es heiß. Ihr war klar, dass ihr Onkel alles gesehen hatte: Fionas drohenden Aufprall, Mailas ausgestreckten Arm mit den gekreuzten Fingern und wie sie den Unfall durch diese magische Geste gerade noch verhindert hatte.

Der grosse Streit

Maila hatte keine Kraft mehr zum Weiterklettern. Sie ließ sich abwärtsgleiten, wo der Betreuer sie in Empfang nahm.

»Na, Höhenangst bekommen?«, fragte er amüsiert.

Maila nickte stumm, während er sie von ihren Gurten befreite. Ihre Knie waren ganz weich. Aber noch schlimmer war das Gefühl in ihrem Bauch.

Onkel Justus hat alles gesehen!

Ihm musste klar sein, dass es nicht mit rechten Dingen zugegangen war. Maila hatte in aller Öffentlichkeit gehext! Tante Juna würde bitter von ihr enttäuscht sein.

Aber sie hatte es doch nur getan, um Fionas Leben zu retten! Außerdem war alles so schnell gegangen, dass Maila gar nicht nachgedacht hatte. Sie hatte schnell handeln müssen, damit Fiona nicht gegen die Felswand prallte.

Onkel Justus erhob sich von der Bank und kam langsam auf Maila zu. Er blieb zwei Meter vor ihr stehen und sah sie stumm an. Sie versuchte, seinem Blick standzuhalten.

Es kam ihr wie eine Ewigkeit vor, bis er sagte: »Ich glaube, du bist mir eine Erklärung schuldig.«

Maila schluckte. »Ich«, begann sie, »ich… Fiona war in Gefahr!«

»Ich weiß.« Er nickte. »Was hast du gemacht?«

Maila blickte auf den Boden und betrachtete ihre Turnschuhe. Der rechte hatte an der Spitze einen Fleck. »Gehext«, flüsterte sie.

»WIE BITTE?«

Sie sah zu ihm auf. Tränen traten in ihre Augen. »Ich habe Magie benutzt«, sagte sie tonlos.

Onkel Justus trat auf sie zu. Maila duckte sich, weil sie überzeugt war, er würde sie ohrfeigen. Doch er beugte sich zu ihr hinunter und zischte: »Darüber reden wir noch! Kein Wort zu Fiona, verstanden?«

»Ja«, piepste Maila.

»Und jetzt komm mit.« Er legte ihr seine Pranke auf die Schulter und führte sie zurück zur Bank, auf der Tante Juna saß. Sie pellte gerade ein hart gekochtes Ei.

»Na, Maila, schon keine Lust mehr zum Klettern? Magst du ein Ei?«

Maila schüttelte den Kopf. »Nein, danke.«

»Justus, du?«, fragte die Tante und hielt ihm das Ei hin.

Er nahm es und verschlang es mit einem Happs. Maila kam sich vor wie das arme Ei. Sie wusste, dass ihre Aktion noch ein Nachspiel haben würde.

Vorerst tat Onkel Justus so, als wäre nichts geschehen. Vermutlich wollte er Tante Juna nicht nachträglich beunruhigen. Schließlich hatte sie nicht gesehen, dass Fiona um ein Haar schwer verletzt worden war. Onkel Justus aß noch ein zweites Ei und ein Dutzend Häppchen. Maila sah, wie eine Ader auf seiner Stirn pochte. Jeder seiner Blicke schien Maila zu durchbohren. Sie hatte Bauchweh. Am liebsten hätte sie sich in ihr Bett verkrochen und die Decke über ihren Kopf gezogen.

Es dauerte eine Ewigkeit, bis Fiona wieder zu ihnen kam. Erhitzt, mit gerötetem Gesicht, aber stolz und glücklich.

»Habt ihr gesehen, wie ich geklettert bin?«, fragte sie atemlos. »Die anderen waren alle älter. Ich war die Jüngste bei dieser schwierigen Tour.« Sie boxte Maila spielerisch in die Rippen. »Und du Weichei hast gleich aufgegeben? Bist du doch nicht schwindelfrei?« Sie wartete Mailas Antwort erst gar nicht ab, sondern setzte sich neben Tante Juna und fiel über den Picknickkorb her.

»Dein Vater hat leider fast alles aufgegessen«, sagte die Tante. »Ich habe nur noch einen Apfel.«

Fiona nahm den Apfel, ohne sich zu bedanken. Sie schubste ihren Vater an. »Echt jetzt? Du hast dir die ganze Ladung einverleibt? Ich glaube, ich muss mal ein ernstes Wörtchen mit dir reden. Über gesunde Ernährung und Fitness.«

»Es gibt wahrhaftig wichtigere Dinge im Leben«, knurrte Onkel Justus unfreundlich.

Fiona störte sich nicht an seiner schlechten Laune. Sie strahlte weiterhin, aß den Apfel und schleuderte das abgenagte Gehäuse ins Gebüsch.

»Bist du fertig?«, fragte Onkel Justus streng. »Dann können wir ja aufbrechen.«

»Einen Moment noch.« Fiona sprang auf. »Bin gleich wieder da.« Sie schlenderte zu dem Betreuer und wechselte mit ihm ein paar Worte, die Maila nicht verstehen konnte. Dann zogen beide ihre Smartphones aus der Tasche. Wahrscheinlich tauschten sie tatsächlich die Telefonnummern aus.

»Packt zusammen!«, befahl Onkel Justus Maila und Tante Juna. »Wir waren lange genug hier, es reicht für heute.«

»Er hat wahrscheinlich Angst, dass er das Fußballspiel im Fernsehen verpasst«, flüsterte die Tante Maila zu, während sie die Sachen wieder im Korb verstaute. Maila brachte den Abfall weg.

Auf dem Heimweg redete Onkel Justus kein Wort. Fiona tippte auf ihrem Smartphone herum. Tante Juna machte auf dem Beifahrersitz ein Nickerchen. Maila sah aus dem Fenster und stellte sich das schreckliche Donnerwetter von Onkel Justus vor.

Als sie zu Hause angekommen waren, wollte Fiona noch ins Schwimmbad. Maila hatte keine Lust, sie zu begleiten, und verzog sich in ihr Zimmer. Wilbur flatterte zu ihr und schmiegte sich an ihre Wange.

»Ach, Wilbur, ich habe heute schrecklichen Mist gebaut«, vertraute sie dem kleinen Vogel an. »Aber ich habe es doch nur gut gemeint. Wegen Fiona bekomme ich vermutlich richtig Ärger. Onkel Justus hat mich beim Hexen erwischt.«

»Ist das so schlimm?«, piepste Wilbur.

»Noch schlimmer, als du dir vorstellen kannst.« Maila seufzte tief. Ihr Herz war schwer, es schien mindestens eine Tonne zu wiegen. Könnte sie jetzt doch mit Ninive oder Ophelia reden! Oder wenigstens mit Emily …

Es klopfte an der Tür, dann steckte Tante Juna ihren Kopf durch den Spalt.

»Fiona ist fort, und Justus will mit dir reden.«

»Auweia«, entfuhr es Maila.

»Was ist los?«, fragte die Tante. »Habe ich was verpasst?«

»Er hat gemerkt, dass ich gehext habe«, gestand Maila mit leiser Stimme.

»MAILA!« Tante Juna wurde blass.

»Aber ich habe es doch nur für Fiona getan«, murmelte

Maila und drückte sich an ihre Tante. Jetzt rannen ihr die Tränen übers Gesicht. »Sie wäre sonst an den Felsen geknallt und hätte sich verletzt… Vielleicht wäre sie sogar tot.«

Tante Juna atmete tief durch. »Hab keine Angst, Maila. Was auch immer passiert, du hast richtig gehandelt.«

Sie gingen zusammen die Treppe hinunter. Onkel Justus wartete im Wohnzimmer. Seine Miene war so finster wie die Nacht.

»Raus mit der Sprache, Maila«, sagte er streng. »Was ist heute Nachmittag geschehen?«

»Fi… Fiona hat… hat den Haken nicht richtig befestigt«, stammelte Maila. »Und dann ist sie auch noch abgerutscht. Sie wäre… gegen den Felsen geschlagen, wenn ich… wenn ich die Zeit nicht verlangsamt hätte.«

»Du hast WAS getan?«, donnerte der Onkel.

»Die Zeit verlangsamt«, wiederholte Maila im Flüsterton, so als könne sie dadurch ihre Hexerei kleiner machen.

Onkel Justus schnaufte laut. »Kein Mensch kann die Zeit verlangsamen!«

»Ich bin… ich kann…« Maila stockte. Das Wort »hexen« wollte nicht über ihre Lippen.

»Maila ist eine Hexe«, half ihr Tante Juna. »Genau wie ich, Justus.«

Onkel Justus sank auf die Couch. Er zog ein Taschentuch aus seiner Hose und wischte sich den Schweiß von der Stirn.

»Du machst Witze, Juna«, grunzte er.

»Justus, bitte, glaube mir! So wahr ich hier stehe: Ich bin eine Hexe«, wiederholte Tante Juna. »Und Maila ist meine Nichte. Sie besitzt ebenfalls magische Kräfte.«

Der Onkel blickte schockiert von Tante Juna zu Maila und wieder zurück. »Ich fasse es nicht!«

»Verzeih mir, Justus.« Tante Juna klang kleinlaut. »Ich weiß, ich hätte es dir schon viel früher sagen müssen. Aber irgendwie war nie der richtige Zeitpunkt.«

»Und wann wolltest du endlich mit der Sprache rausrücken?«, bellte Onkel Justus. »Vielleicht erst, wenn unser Kind zur Welt gekommen ist? Wenn es seine Rassel schweben lässt? Oder seinen Schnuller in einen Frosch verwandelt?«

»Bitte, Justus, versteh doch …«, versuchte es die Tante noch einmal. »Ich hatte einfach Angst, dass du nicht damit umgehen kannst. Dass du mich verlässt.«

»Da kannst du recht haben.« Onkel Justus erhob sich. »Ich KANN damit nicht umgehen. Das ist zu viel für mich. Meine Frau – eine Hexe! Und meine Nichte auch! Das ist mehr, als ein Mensch ertragen kann!« Er verließ das Wohnzimmer und schmetterte die Tür hinter sich zu. Maila und ihre Tante zuckten zusammen.

»Und was jetzt?«, flüsterte Maila bang.

»Ich weiß es nicht.« Tante Juna ließ sich in einen Sessel fallen und schlug die Hände vors Gesicht.

Maila fühlte sich schrecklich. Alles war ihre Schuld!

Über ihnen ertönten schwere Schritte. Es rumpelte. Ab und zu knallte eine Tür.

»Was macht er da?«, fragte Maila.

Sie erhielt keine Antwort. Tante Juna saß da wie ein Häuflein Elend. Maila dachte an das arme Baby. Wie viel hatte es von dem Streit mitbekommen? Und das alles ihretwegen!

»Ich sehe nach, was er tut«, murmelte Maila und verließ das Wohnzimmer. Sie rannte die Treppe hoch, obwohl ihr ihre Füße kaum gehorchen wollten.

Sie sah, wie ihr Onkel im Gang hin und her lief. Ein großer Koffer stand schon da.

»O nein, er packt!« Maila schoss los. Onkel Justus ging gerade ins Bad, um seinen Rasierapparat und seine Zahnbürste zu holen. Sie packte ihn am Arm.

»Bitte, bleib da!«, bettelte sie. »Es tut mir leid!«

»Fass mich nicht an!«, fauchte der Onkel.

»Ich wollte doch nur Fiona schützen!«, rief Maila.

Er schien gar nicht zuzuhören, sondern marschierte ins Schlafzimmer und kam kurz darauf mit einem zweiten Koffer heraus.

Maila stand da wie erstarrt. Sie musste etwas tun! Sie musste verhindern, dass Onkel Justus nach diesem Streit das Haus verließ. Aber wie? Verflixt, sie war doch eine Hexe! Warum fiel ihr kein Zauberspruch ein, der alles ungeschehen machte?

Sie sah, wie Onkel Justus mit zwei Koffern zur Treppe ging. Dann polterte er die Stufen hinab.

Maila schluckte. Erst als unten die Haustür ins Schloss fiel, löste sich ihre Starre. Sie lief ins Badezimmer zurück, noch immer völlig kopflos. In ihrer Verzweiflung zog sie den mächtigen Zauberstab aus dem Pflanzkübel. Sofort spürte sie, wie Magie in ihre Finger schoss. Machtvoll. Kräftig. Unberechenbar.

Er darf nicht fortgehen!

Es gab einen Knall. Eine unsichtbare Energie schleuderte Maila an die Wand. Der Zauberstab entglitt ihr. Für einen kurzen Moment wurde ihr schwarz vor den Augen.

Du liebe Güte, was war passiert?

Langsam lichtete sich die Schwärze vor ihrem Gesicht. Sie versuchte, ruhig zu atmen. Der Zauberstab lag vor ihren Füßen und sah völlig unschuldig aus. Doch Maila hatte mächtigen Respekt vor ihm.

Sie nahm ein Handtuch, um ihn nicht mit bloßen Händen anfassen zu müssen. Dann hob sie ihn vorsichtig auf und steckte ihn in den Blumentopf zurück. Sie zitterte am ganzen Körper. Was war geschehen? Sie hatte keine Ahnung.

Voller Angst und Anspannung verließ sie das Badezimmer und ging die Treppe hinunter. Tante Juna saß noch genauso im Wohnzimmer, wie Maila sie zurückgelassen hatte. Hatte Maila sie versehentlich in Stein verwandelt?

»Tante Juna …«

Die Tante hob den Kopf. »Er ist tatsächlich gegangen«, wisperte sie und sah Maila mit verweinten Augen an.

Maila hatte einen dicken Kloß im Hals. Sie wusste nicht, was sie sagen sollte. Noch immer ließ das Gefühl sie nicht los, dass sie aus Versehen etwas Schlimmes angestellt hatte. Sie hätte den Zauberstab nicht anrühren dürfen. Er war viel zu mächtig für eine junge Hexe wie sie!

Auf Zehenspitzen schlich sie aus dem Wohnzimmer und zur Haustür. Sie legte die Hand auf die Klinke. Widerstrebend. Eigentlich wollte sie gar nicht nachsehen, was passiert war. Aber sie musste. Sie wusste, dass sie sonst keine Ruhe finden würde.

Maila nahm all ihren Mut zusammen, öffnete die Haustür und trat hinaus.

Sie roch starken Pfingstrosenduft. Das Gartentor stand offen. Der rote Sportwagen fehlte.

Maila schluckte, teils bedrückt, teils erleichtert.

Onkel Justus hatte die Koffer in seinen Flitzer geladen und war davongefahren. Vermutlich würde er in irgendeinem Hotel übernachten.

Aber warum hatte es diesen Knall gegeben? Den plötzlichen Ausbruch von Magie?

Jetzt erst entdeckte Maila den roten Bollerwagen auf dem Rasen. Darin standen zwei große Blumentöpfe mit Geranien. Zwischen ihnen thronte ein steinerner Buddha, der verflixte Ähnlichkeit mit Onkel Justus hatte.

Maila lehnte sich gegen die Mülltonnenbox. Ungläubig starrte sie die Steinfigur an.

Das hatte sie wirklich nicht gewollt!

Ein neuer Schulleiter

»Und du bist sicher, dass du deinen Onkel verhext hast?«, fragte Emily am Montagmorgen nach.

»Ich glaube schon«, antwortete Maila und senkte den Kopf.

»Was sagt deine Tante dazu?«

»Ich konnte es ihr bisher noch nicht erzählen. Es ist einfach zu furchtbar.«

»Hm.« Emily legte mitfühlend den Arm um ihre Freundin. »Bestimmt gibt es eine Lösung! Außerdem kannst du eigentlich froh sein, dass du deinen Onkel los bist.«

»Aber nicht so!«, schniefte Maila.

»Er war doch ein ziemliches Ekel«, meinte Emily.

»Trotzdem. Meine Tante ist ganz unglücklich. Und jetzt hat das Baby keinen Vater mehr.«

»Die Verwandlung lässt sich bestimmt rückgängig machen, oder?«

»Irgendwie schon. Aber ich kann es nicht. Jedenfalls nicht allein.«

»Vielleicht kann deine Oma herkommen. Oder deine Hexenfreundinnen«, schlug Emily vor.

»Oma hat immer noch Reiseverbot in die Menschenwelt, und von meinen Freundinnen kann nur Ninive mit den Ohren wackeln.« Maila seufzte. »Ninive kann ebenso wenig mit dem Zauberstab umgehen wie ich.«

»Mist! Aber uns fällt sicher noch etwas ein«, sagte Emily zuversichtlich. »Du bist eine Hexe. Du bist magisch. Alles ist möglich!«

»Hoffentlich hast du recht«, erwiderte Maila.

Es klingelte zum Schulbeginn. In der ersten Stunde hatten sie Englisch, aber Maila war mit ihren Gedanken ganz woanders. Immer wieder erinnerte sie sich daran, was seit Samstagabend passiert war.

Fiona hatte sich natürlich gewundert, warum ihr Vater nicht mehr da war. Tante Juna hatte ihr von dem Streit erzählt – ohne allerdings zu erwähnen, worum es darin gegangen war.

»Dein Vater nimmt sich eine Auszeit«, hatte sie erklärt und dabei mit den Tränen gekämpft. »Manchmal tut so eine Beziehungspause ganz gut, weißt du. Beide Partner haben Gelegenheit, sich zu überlegen, was sie wirklich vom anderen erwarten.«

Maila hatte danebengestanden, mit schlechtem Gewissen. Immer wieder hatte sie einen Ansatz gesucht, um zu erzählen, was sie Schreckliches getan hatte. Aber jedes

Mal war ihr Mund wie versiegelt gewesen. Kein Wort war über ihre Lippen geschlüpft. Sie hatte es einfach nicht geschafft.

Fiona hatte die Trennung natürlich schlecht aufgenommen.

»Du bist nicht gut genug für meinen Vater«, hatte sie Tante Juna angeschrien. »Das weiß ich längst. Dir gelingt es ja nicht einmal, dieses furchtbare Haus zu entrümpeln. Und jetzt hast du eine prima Ausrede, weil du ein Baby erwartest. Immerzu bist du müde und darfst das nicht und jenes …« Sie war in ihrem Zimmer verschwunden und hatte die Tür hinter sich zugeknallt, wie es eine Stunde zuvor ihr Vater mit der Wohnzimmertür getan hatte.

Am Sonntagvormittag war Fiona abgereist. Tante Juna hatte sie nicht einmal zum Bahnhof fahren dürfen, sondern Fiona hatte sich ein Taxi gerufen. Maila hatte erleichtert festgestellt, dass sie den Phönix nicht mitgenommen hatte.

Nach Fionas Abreise war es im Haus sehr still geworden. Tante Juna sagte nicht viel, sondern blickte alle fünf Minuten auf ihr Smartphone. Sie hoffte auf eine Nachricht von Onkel Justus.

Aber dieser konnte natürlich nichts schreiben, weil er als Steinfigur im Garten saß …

»Maila, möchtest du weiter vorlesen?« Frau Blums Stimme riss Maila aus ihren Erinnerungen.

Maila zuckte zusammen. Sie hatte überhaupt nichts vom Unterricht mitbekommen. Emily zeigte ihr schnell im Englischbuch, wo sie waren und an welcher Stelle Maila weiterlesen sollte.

Es wurde eine Katastrophe. Maila sprach die Wörter falsch aus und verhaspelte sich ständig. Schließlich brach sie in Tränen aus. Sie war enttäuscht über ihre Leistung, aber noch viel schlimmer war, was sie am Samstag getan hatte. Am liebsten hätte sie sich selbst in einen Tisch verwandelt.

»Na, Maila, scheint so, als hättest du einen schlechten Tag«, sagte Frau Blum. »Aber ich will mal beide Augen zudrücken. Immer wieder appelliere ich an die Eltern, sie sollen darauf achten, dass ihre Kinder am Wochenende genügend Schlaf bekommen. Vermutlich bist du gestern sehr spät ins Bett gegangen, Maila, weil du so dunkle Ringe unter den Augen hast. – Markus, bitte lies du weiter vor.«

Während Markus zu lesen begann, drückte Emily unter der Bank Mailas Hand. »Siehst du, es ist doch alles gut gegangen!«, flüsterte sie.

In diesem Augenblick knackte der Lautsprecher im Klassenzimmer.

»Achtung, Achtung, eine wichtige Durchsage an alle

Klassen! Leider ist unser beliebter Schulleiter Justus Käferkorn plötzlich erkrankt und wird auf unbestimmte Zeit ausfallen.«

»Oh!« Ein Raunen ging durch den Raum. Das Blut schoss in Mailas Wangen, und sie fühlte sich noch schlechter als zuvor. Erkrankt! Wenn Onkel Justus doch nur krank wäre und nicht versteinert!

»Zum Glück haben wir schon einen Ersatz bekommen«, fuhr die Sprecherin fort. »Herr Lukas Blätterpilz wird ab heute die Vertretung übernehmen. Wir freuen uns sehr, ihn an unserer Schule begrüßen zu dürfen. Alle Klassen mögen sich daher zu Beginn der dritten Stunde in der Aula einfinden, wo unser neuer Schulleiter eine kleine Ansprache halten wird. Ich wiederhole: Alle Klassen ...«

Frau Blum wartete geduldig, bis die Durchsage zu Ende war, und fuhr dann mit dem Unterricht fort.

In der Pause hakte Emily sich bei Maila unter. Sie suchten sich einen ruhigen Platz, wo sie ungestört reden konnten.

»Das Schlimme ist, dass sich Tante Juna die Schuld gibt«, gestand Maila. »Sie glaubt, dass Hexen und Menschen einfach nicht zueinanderpassen. *Verlieb dich bloß nie in einen Menschen*, hat sie gesagt. Sie denkt, es war der größte Fehler ihres Lebens, dass sie sich in Onkel Justus verliebt hat.«

Emily überlegte. »Aber wir passen doch auch zueinander«, meinte sie. »Ich bin ein Mensch und du eine Hexe. Ich glaube, es liegt eher am Charakter deines Onkels, dass es nicht richtig funktioniert. Wäre er verständnisvoller, dann hätte er auch akzeptiert, dass deine Tante eine Hexe ist.«

»Möglich«, sagte Maila. Emilys Aussage war nicht ganz falsch. Onkel Justus war wirklich stur und eigensinnig gewesen. Er war kein neugieriger, aufgeschlossener Mensch, sondern festgefahren in seinen Ansichten. Trotzdem: Maila hätte alles dafür getan, wenn sie das, was am Samstag passiert war, hätte rückgängig machen können.

Es klingelte. Die Pause war zu Ende. Die Schülerinnen und Schüler strebten in die Aula, wo sich der neue Schulleiter vorstellen wollte.

Im Gedränge war plötzlich Ben neben Maila. Er lächelte sie an, und obwohl Maila in so trübseliger Stimmung war, verursachte sein Lächeln ein warmes Gefühl in ihrem Bauch.

»Ich weiß, dass dich etwas bedrückt«, sagte er zu ihr. »Ich kann dir leider nicht helfen, weil ich keine Ahnung habe, worum es geht. Aber nimm wenigstens diesen Nussriegel. Manchmal hilft etwas Süßes.« Er drückte ihr etwas in die Hand, lächelte sie noch einmal an und verschwand in der Menge.

Maila war ganz verdutzt. Was war das denn gewesen? Unwillkürlich breitete sich ein Lächeln auf ihrem

Gesicht aus. Nicht nur der Nussriegel war süß, sondern auch Ben …

In der Aula waren Stühle aufgestellt worden, auf denen die Jungen und Mädchen und die Lehrkräfte Platz nehmen konnten. Die Bühne war schwarz verhangen, denn in Kürze wollten die Abschlussklassen ein Theaterstück aufführen.

Ein Scheinwerfer ging an, und ein hagerer Mann kam auf die Bühne. Er trat ans Rednerpult und prüfte, ob das Mikrofon funktionierte.

»Test, eins, zwei … Gut. Alles klar.«

Maila schnappte nach Luft. Das durfte nicht wahr sein! Sie kannte diesen Mann! Oder war es ein Doppelgänger? Der Mann am Rednerpult sah haargenau aus wie Luzian Morchelstiel, jener Kunde im Hexenladen, der unbedingt Wilbur hatte kaufen wollen. Und dem Oma Luna den Tarnumhang verweigert hatte.

»Liebe Schüler und Schülerinnen, ich möchte euch herzlich begrüßen«, begann der hochgewachsene Mann. Sein stechender Blick glitt über das Publikum. »Mein Name ist Lukas Blätterpilz. Ich werde ab heute vertretungsweise die Leitung dieser Schule übernehmen. Mir liegt es sehr am Herzen, dass die Klassen den bestmöglichsten Unterricht bekommen. Außerdem lege ich Wert auf Gerechtigkeit und Fairness.«

Maila bekam kaum mit, was er sagte. Sie musste ihn

unablässig anstarren. Sie war sich sicher, dass es sich um Luzian handelte, den ehemaligen Studienkollegen ihrer Oma. Der Mann, der wegen Schwarzmagie verurteilt worden war.

Was machte er hier in der Menschenwelt? Und warum hatte er so schnell die Schulleitung bekommen? Fragen über Fragen …

»… jederzeit zu mir kommen«, schloss Lukas Blätterpilz seine Ansprache ab. »Ich habe für alle ein offenes Ohr. In diesem Sinne wünsche ich euch und mir eine gute Zusammenarbeit.«

Die meisten Zuhörer klatschten, auch Emily. Maila hingegen war nicht in der Lage, ihre Hände zu bewegen. Alles kam ihr vor wie ein Albtraum. War die Grenze zwischen der Hexen- und der Menschenwelt auf einmal gefallen? Wurde sie verfolgt? Oder war alles reiner Zufall?

Der neue Schulleiter trat von der Bühne ab. Stühle wurden gerückt, die Schülerinnen und Schüler machten sich auf den Weg zurück in ihre Klassenzimmer.

»Was ist los mit dir?«, fragte Emily, der Mailas Reaktion auf Lukas Blätterpilz nicht entgangen war. »Du siehst aus, als hättest du gerade ein Gespenst gesehen.«

»Das habe ich auch«, sagte Maila tonlos. Sie zog Emily in eine Ecke. »Ich habe den Mann schon einmal getroffen.« Sie erzählte, wie er in den Zauberladen *Wünsch-dir-*

was gekommen war. »Er war so unheimlich, Emily. Auch Wilbur hat gemerkt, dass mit ihm etwas nicht stimmt.«

Emily runzelte die Stirn. »Und du bist sicher, dass du keinen Verfolgungswahn entwickelst? Es war schließlich alles ein bisschen viel in der letzten Zeit.«

»O Emily, du musst mir einfach glauben!«, bettelte Maila. »Es ist derselbe Mann, ganz bestimmt. Der Magier heißt Luzian Morchelstiel, und jetzt nennt er sich Lukas Blätterpilz. Beides Male hat er einen Pilz im Namen.«

»Solange er keinen Fußpilz hat«, witzelte Emily. Dann wurde sie ernst. »Falls du recht hast, was glaubst du, was er hier will?«

»Ich habe keine Ahnung«, gestand Maila. Ein dumpfes Gefühl sagte ihr, dass es mit ihrem Zauber am Samstag zusammenhing. Vielleicht waren jetzt schon Schwarzmagier hinter ihr her. Wollte man sie entführen? Sie für ihre Hexerei bestrafen? Oder warum sonst war Luzian Morchelstiel hier aufgetaucht?

Im Klassenzimmer wartete schon Herr Murks auf die Mädchen und Jungs. Als Emily und Maila an ihm vorbei auf ihre Plätze gehen wollten, hielt er sie auf.

»Maila Espenlaub, du sollst bitte gleich zur Schulleitung kommen.«

Mailas Beine knickten ein. Ihr wurde heiß und kalt. Sie blickte Herrn Murks stumm an. Ihre Augen flehten um Hilfe.

»Na, na, Maila, hast du etwas ausgefressen?« Herr Murks lachte meckernd. »So schlimm wird es schon nicht sein. Unser neuer Schulleiter will sich bestimmt nicht gleich unbeliebt machen.«

»Ich komme mit«, sagte Emily und umklammerte Mailas Arm so fest, als wollte sie ihn nie mehr loslassen.

»Meinetwegen«, meinte Herr Murks. »Aber nicht, dass ihr beide euch einen schönen Vormittag macht und den Unterricht schwänzt.« Er lachte wieder.

Emily und Maila verließen das Klassenzimmer.

»Ich sterbe gleich«, stöhnte Maila, als sie allein auf dem Gang waren. »Was will er von mir? Ich hatte recht, er ist meinetwegen hier! O Emily, wir hauen am besten ab. Du könntest mit deinem Smartphone meine Tante anrufen, damit sie mich abholt. Und dann nehme ich den fliegenden Teppich und fliege zurück zu meiner Familie!«

Emily zögerte. »Das ist keine gute Idee, Maila. Wenn er wirklich hinter dir her ist, dann sucht er dich dort zuerst.«

Maila dachte kurz nach. »Stimmt«, gab sie dann zu. »Was soll ich nur machen, Emily?«

»Du bist eine Hexe«, sagte Emily. »Stark und gefährlich, genau wie deine Oma, von der du mir vorgeschwärmt hast. Zeig deine Stärke! Wir marschieren jetzt gemeinsam zu diesem Luzian oder Lukas und werden herausfinden, was er von dir will!«

»Und wenn er uns in Steine verwandelt?«

»Dann müssen wir wenigstens nie wieder Vokabeln pauken!«

Maila lächelte dünn. Ihr war schleierhaft, wie Emily in einer solchen Situation noch Witze machen konnte. Aber es tat gut. Emily war eine wahre Freundin.

»Komm!« Emily griff nach Mailas Hand.

Hand in Hand gingen sie zum Büro der Schulleitung. Die Sekretärin erwartete Maila schon.

»Herr Blätterpilz sitzt im Zimmer nebenan. Äh, Emily Steigerwald, du bleibst besser hier.«

»Ich begleite Maila«, sagte Emily mit fester Stimme.

Maila nickte.

»Okay«, sagte die Sekretärin. Sie stand auf und klopfte an die Tür des Nebenzimmers.

»Maila Espenlaub ist jetzt hier, Herr Blätterpilz«, sagte sie.

»Soll reinkommen«, ertönte eine Stimme.

Die beiden Mädchen traten ein. Der Raum war ganz in Blau gehalten: hellblaue Wand, dunkelblaue Vorhänge, Schreibtisch und Sessel im gleichen Farbton.

Der Schulleiter erhob sich.

»Hallo, Maila«, sagte er, kam auf sie zu und reichte ihr die Hand. »Wie ich sehe, hast du deine Freundin als Verstärkung mitgebracht – Hallo, Emily.« Er gab auch Emily die Hand.

»Woher kennen Sie meinen Namen?«, platzte Emily heraus.

Luzian lächelte nur.

»Was wollen Sie von mir?«, fragte Maila gepresst. Die Stimme wollte ihr kaum gehorchen.

Luzian schloss zunächst die Tür. Dann setzte er sich wieder hinter den Schreibtisch und wies die Mädchen an, auf den Besucherstühlen Platz zu nehmen.

»Gut, Maila, reden wir nicht lange um den heißen Brei herum. Ich arbeite jetzt für den Magischen Kontrolldienst. Wir wissen, dass dein Onkel seit letztem Samstag verschwunden ist.«

»Ja.« Das Blut schoss Maila in die Wangen. Sie wurden glühend heiß. Ihr Herz klopfte so heftig, dass sie das Gefühl hatte, gleich umzufallen und ohnmächtig zu werden.

»Justus Käferkorn ist nicht der, für den du und deine Tante ihn gehalten habt«, sagte Luzian und verschränkte seine Finger. »Er ist ein Schwarzmagier. Ihm wurden vor siebzehn Jahren seine magischen Kräfte entzogen, und er wurde in die Menschenwelt verbannt. Der MKD war der Ansicht, dass er dort keinen Schaden anrichten kann.«

Maila schluckte heftig. »Dann … dann ist er gar kein Mensch?«

»Richtig«, bestätigte Luzian. »Er heißt in Wirklichkeit Jupiter Siebenhorn. Inzwischen hat Justus – oder Jupiter –

seine Zauberkräfte leider weitgehend zurückgewonnen. Vermutlich hat er deine Tante mit einem Liebeszauber für sich gewonnen.«

»Die Gondel«, flüsterte Maila mit aufgerissenen Augen. Sie konnte nicht glauben, was sie gerade gehört hatte. Aber die Geschichte mit der stehen gebliebenen Gondel war ihr gleich merkwürdig vorgekommen.

»Deine Tante Juna ist eine mächtige Hexe, und sie hat magische Artefakte aus aller Welt gesammelt. Justus hat sich das zunutze gemacht. Er hat ihre magischen Kräfte angezapft und ist dadurch selbst stärker geworden. Noch kann er nicht in die Hexenwelt zurückkehren, das verhindert der Zauberbann. Er braucht Verstärkung durch sein eigenes Blut, um den Bann aufzuheben.«

Fiona, schoss es Maila durch den Kopf. Jetzt begriff sie, warum Onkel Justus unbedingt gewollt hatte, dass sie mit den Ohren wackelte.

Als hätte Luzian ihre Gedanken gelesen – und vielleicht hatte er das ja auch –, fuhr er fort: »Fiona hat seine Zauberkraft nicht geerbt – zu seinem großen Bedauern. Aber das Baby, das im Bauch deiner Tante heranwächst, könnte seinen Wunsch endlich erfüllen.«

Maila schnappte nach Luft. »Die Knutschkugel.« Sie war empört. Onkel Justus wollte das Baby für seine Zwecke missbrauchen!

Dann war es vielleicht doch gut, dass sie ihn in einen

Stein verwandelt hatte, auch wenn es aus Versehen passiert war!

Luzian lächelte dünn.

»Du bist stark, Maila«, sagte er, und es klang, als wäre er stolz auf sie. »Und du wirst noch stärker werden. Dein Onkel tut gut daran, dich zu fürchten. Denn du könntest ihm gefährlich werden. Deswegen ist er abgetaucht.«

Maila sprang auf. »Er ist nicht abgetaucht«, rief sie. »Ich habe ihn in einen Stein verwandelt! Er ist bei uns im Garten, in einem roten Bollerwagen.«

»Setz dich bitte wieder hin, Maila«, forderte Luzian sie auf.

Maila tat es.

»Ich muss dich leider enttäuschen«, sagte Luzian. »Du bist zwar stark – aber noch nicht so stark, dass du einen Hexer wie Jupiter Siebenhorn unschädlich machen kannst. Es war ein Trick. Er hat dich leider an der Nase herumgeführt.«

Maila runzelte die Stirn und wechselte einen Blick mit Emily. Auch Emily hatte inzwischen gerötete Wangen. Ihre Augen glänzten wie im Fieber.

»Der Bollerwagen mit den Geranien und der Steinfigur ist Blendzauber«, erklärte Luzian. »Erschaffen aus einem Ast, zwei schrumpeligen Äpfeln und einem Kieselstein. Hält vielleicht ein paar Wochen. Dein Onkel hat dich genarrt, Maila. Er wollte, dass du ein schlechtes Gewissen bekommst. Vielleicht so sehr, dass du unbedingt in die Hexenwelt zurückkehren willst. Dann bräuchte er dich nicht mehr zu fürchten.«

Emily lehnte sich nach vorne und funkelte Luzian Morchelstiel an. »Und woher wissen Sie das alles so genau, Herr Stinkmorchel?«

»Weil ich Jupiter Siebenhorn gut kenne«, antwortete Luzian und überhörte die freche Anrede. »Ich bin mit ihm zur Schule gegangen. Und in unserer Jugendzeit haben wir ziemlich viele dumme Sachen gemacht. Wenn jemand weiß, wie Jupiter tickt, dann bin ich es.«

Maila war überwältigt von all den Neuigkeiten. Aber wenigstens hatte sie jetzt kein schlechtes Gewissen mehr.

»Sind Sie wirklich zusammen zur Schule gegangen?«, fragte Emily nach.

»Du denkst, weil Jupiter Siebenhorn jünger aussieht als ich? Auch das ist Blendwerk, liebe Emily. Nur ein kleines Kunststück für einen Magier wie ihn.« Luzian sah wieder Maila an. »Du musst gut auf deine Tante aufpassen. Auf sie und das Baby.«

»Das werde ich bestimmt machen«, beteuerte Maila. Und das meinte sie auch so. Nicht auszudenken, wenn ihrer Tante oder dem Baby etwas zustoßen würde!

»Unsere wichtigste Aufgabe ist jetzt, herauszufinden, wo sich Jupiter Siebenhorn aufhält.« Luzian erhob sich. »Falls du irgendeinen Hinweis bekommst, dann sag Bescheid, Maila. Und du auch, Emily Steigerwald, Menschenmädchen und Hexenfreundin.« Er lächelte. »Ich bin jederzeit für euch da. Und für deine Tante natürlich auch, Maila. Hier ist meine Mobilnummer für Notfälle.« Er reichte Maila eine Karte, die sie automatisch einsteckte.

Emily und Maila standen ebenfalls auf. Das Gespräch war zu Ende. Zumindest für den Augenblick. Maila hatte das Gefühl, dass sie noch viele Fragen haben würde.

Eine hatte sie jetzt schon.

»Und was soll ich Tante Juna sagen?« Sie blickte Luzian ratlos an.

»Die Wahrheit, Maila«, antwortete er. »In der Vergangenheit ist schon viel zu viel gelogen worden.«

Er gab ihr die Hand. Sie blickte ihm in die Augen. Sein Blick schien nicht mehr so stechend zu sein wie zuvor. Ob sie ihm wirklich vertrauen konnten?

»Wir kommen wieder«, kündigte Emily an. Aus ihrem Mund klang es beinahe wie eine Drohung. »Darauf können Sie sich verlassen!«

Er lachte. »Gerne. Bis bald! Und grüß Beppo von mir.«

Die Mädchen waren schon an der Tür, als Luzians Stimme sie noch einmal aufhielt.

»Übrigens, Maila ...«

»Ja?« Maila drehte sich um.

Luzian sah sie an. Da war er wieder, dieser forschende Blick, der bis zu ihrem Herzen zu dringen schien.

»Wir wissen zwar nicht, warum du so überraschend in die Menschenwelt gereist bist, aber wir kommen schon noch dahinter. Der MKD hat seine Augen überall.«

Marliese Arold, Jahrgang 1958, wollte schon als Kind Schriftstellerin werden. Aus Liebe zu Büchern wurde sie zunächst einmal Bibliothekarin. Seit 1983 ihre ersten eigenen Werke veröffentlicht wurden, arbeitet sie als freie Autorin. Ihre Bücher kennt man in über 20 Ländern. Sie hat zwei erwachsene Kinder, ein Enkelkind und lebt mit ihrem Mann in Erlenbach am Main.